뿌쉬낀 명작 단편선

벨낀 이야기
스페이드의 여왕

뿌쉬낀 명작 단편선

벨낀 이야기·스페이드의 여왕

© 백준현, 2022

1판 1쇄 인쇄_2022년 2월 20일
1판 1쇄 발행_2022년 2월 28일

지은이__알렉산드르 뿌쉬낀
옮긴이__백준현
펴낸이__홍정표
펴낸곳__작가와비평
　　　　등록__제2018-000059호

공급처__(주)글로벌콘텐츠출판그룹
　　　　대표__홍정표　이사__김미미
　　　　편집__하선연 최한나 권군오 문방희　기획·마케팅__김수경 이종훈 홍민지
　　　　주소__서울특별시 강동구 풍성로 87-6
　　　　전화__02) 488-3280　팩스__02) 488-3281
　　　　홈페이지__http://www.gcbook.co.kr　메일__edit@gcbook.co.kr

값 13,000원
ISBN 979-11-5592-295-8 03890

※ 본 연구는 2020년도 상명대학교 교내연구비를 지원받아 수행하였습니다.

뿌쉬낀 명작 단편선

벨낀 이야기
스페이드의 여왕

알렉산드르 뿌쉬낀 지음
백준현 옮김

Alexander Pushkin

작가와비평

* 작품 감상 전 알아 두기

이 번역서에 수록된 두 단편 중에서 첫 번째인 「벨낀 이야기」는 내부에 총 다섯 개의 이야기를 포함하고 있으며, 두 번째인 「스페이드의 여왕」은 별도의 단편임.

▌일러두기

1. 러시아어 자음의 한글 표기는 원어 발음을 최대한 충실하게 전달하기 위해 연자음화, 무성음화, 그리고 к, т, п 자음이 된소리(ㄲ, ㄸ, ㅃ)로 발음되는 경우를 모두 반영하여 표기하였음. 단, 이미 관용적 표기기 된 '모스크바'는 그대로 'ㅋ'로 표기하였음.

2. 작품명, 인명, 도량형의 경우에는 이해를 돕기 위해 이 번역서에서 첫 번째 나왔을 때 괄호 안에 원어를 병기한 경우가 있음.

3. 각주 내에 '(원주)'라고 표기되어 있는 것은 원작에 있는 각주임. 원작에서 간혹 프랑스어, 독일어, 영어, 라틴어로 써 있는 단어나 문장들은 독서의 편의를 위해 한국어로 번역하되 해당 부분들의 원어를 각주에 제시하였음. 그 외 이 번역본의 모든 설명 각주는 번역자가 작성한 것임.

4. 원작에서의 단락이 상당히 길고 내용이 다소 난해한 경우에는, 독자들의 독서 편의와 이해도 증진을 위해 단락의 흐름을 저해하지 않는 한도 내에서 해당 단락을 다시 몇 개의 소 단락으로 나누어 번역한 곳이 간혹 있음. 러시아어 원작과 대조하면서 읽을 독자들은 이 점을 고려해 주기 바람.

5. 이 번역서의 원전으로는 모스크바 'Художественная литература' 출판사가 발행한 뿌쉬낀 선집의 제3권을 사용하였음. (A.C. Пушкин. Собрание сочинений в 3-х томах. Москва: Художественная литература, 1995)

목차

Alexander Pushkin

「벨낀 이야기」

발행인의 말

<table>
<tr><td>쁘로스따꼬바 부인</td><td>사제님, 아 글쎄 이 아이는 어려
서부터 이야기 읽는 걸 아주 좋
아했답니다.</td></tr>
<tr><td>스꼬찌닌</td><td>미뜨로판은 저를 닮았거든요.</td></tr>
</table>

-「미성년」1)

   이반 뻬뜨로비치 벨낀이 남긴 이 이야기들을 독자 여러분께 소개해 드리고자 하는 생각을 품었을 때, 우리는 간략하게나마 고인이 된 저자의 삶에 대해서도 소개함으로써 우리나라 문학 애호가들의 당연한 호기심을 부분적으로라도 만족시켜 드릴 수 있기를 희망했다. 그러한 이유로 우리는 이반 뻬뜨로비치 벨낀과

---

1) 러시아 작가 폰비진(1745~1792)의 희곡 「미성년」에서 가져와서 에피그라프로 사용한 구절임.

가장 가까운 친척이자 상속녀인 마리야 알렉세예브나 뜨라필리나에게 연락을 취했다. 하지만 유감스럽게도 그녀는 고인과 잘 알고 지내는 사이까지는 아니었기에 우리에게 어떠한 정보도 제공해 주지 못했다. 그녀는 이 문제와 관련하여 이반 뻬뜨로비치 벨낀의 예전 친구였던 존경받을 만한 어떤 남성에게 문의해 보라고 조언해 주었다. 우리는 그녀의 조언을 따랐으며, 우리가 보낸 편지에 대해 다음과 같은 만족스러운 답신을 받았다. 그 답신은 소중한 의견과 감동적인 우정이 담긴 기념비적 편지이자 아주 충실한 전기적인 사실도 담고 있었기에 우리는 편지 자체에 어떠한 변형이나 주석도 없이 그 내용을 그대로 여기에 싣는다.

친애하는 ○○○ 선생님!

저는 이번 달 15일 자로 보내 주신 귀하의 존경스러운 편지를 23일에 영광스러운 마음으로 받았습니다. 그 편지에서 귀하는 저의 진실한 예전 친구이자 이웃 지주이기도 했던 고(故) 이반 뻬뜨로비치 벨낀의 출생과 사망 일자, 군 복무, 가정환경, 하는 일 그리고 취미와 성격 등에 대해서 자세히 알고 싶다는 희망을 피력하셨습니다. 저는 귀하의 희망을 충족시켜 드리게 되는 점을 대단히 기쁘게 생각하며, 고인과의 대화는 물론이고 제가 지켜본 것 중에서도 기억이 나는 모든 것을 보내 드립니다.

이반 뻬뜨로비치 벨낀은 1798년 고류히노 마을의 정직하고 고상한 부모 밑에서 태어났습니다. 돌아가신 그의 아버지 뾰뜨르 이바노비치 벨낀 소령은 뜨라필린 가문의 아가씨 뻴라게야 가브릴로브나와 결혼했습니다. 그는 부자는 아니었지만 적절하게 지출하는 방법을 알고 있었고 영지 경영 수완도 상당히 좋은 분이었습니다. 두 분의 아들은 마을의 교회 관리인에게서 첫 교육을 받았습니다. 그가 독서와 러시아 문학에 빠져들게 된 것은 아마 그 훌륭한 남성 덕분인 것으로 보입니다. 그는 1815년에 경기병 수렵 연대에 입대하여(연대의 번호는 기억나지 않습니다) 1823년까지 복무했습니다. 그런데 부모님이 이와 거의 같은 시기에 세상을 떠나는 바람에 그는 퇴역을 하고 고류히노 마을에 있는 부모님의 세습 영지로 돌아올 수밖에 없었습니다.

이반 뻬뜨로비치는 영지를 관리하기 시작했지만 경험이 부족했고 마음도 여렸던지라 얼마 못 가서 관리를 소홀히 하게 되었고 부모님이 세워 놓은 엄격한 질서도 허물어뜨렸습니다. 그는 농부들이 꺼렸던 성실하고 민첩한 촌장을

갈아 치운 후(농부들은 그런 촌장을 으레 싫어하는 법이죠) 뛰어
난 이야기 솜씨 덕분에 자신의 신임을 얻은 늙은 창고 관
리 할머니에게 영지 관리를 맡겼습니다. 이 멍청한 할머니
는 25루블짜리 지폐와 50루블짜리 지폐도 구분할 줄 모
르는 사람이었습니다. 농부들은 모두 그녀를 대모(代母)로
두고 있었던지라 아무도 그녀를 두려워하지 않았습니다.
농부들의 입김에 힘입어 새로 임명된 촌장이 그들과 한통
속이 되어 잘못을 눈감아 주다 보니 이반 뻬뜨로비치는
부역 노동을 폐지하고 소작료도 얼마 안 되는 금액으로
책정할 수밖에 없었습니다. 하지만 농부들은 여기서 그치
지 않고 그의 여린 마음을 이용해 첫해는 상당한 소작료
감면을 얻어 냈고 그다음 해부터는 3분의 2 이상을 호두
니, 월귤이니 하는 것들로 대신 지불했습니다. 그런데 그것
마저 체납하는 경우도 있었습니다.

　이반 뻬뜨로비치의 선친과 잘 아는 사이였던 저는 아들
에게도 조언을 하는 것이 의무라고 생각했기에 그가 흩뜨
린 예전의 질서를 복원시키려고 여러 차례 자청하고 나섰
습니다. 그런 목적으로 저는 어느 날 이반 뻬뜨로비치를
찾아가서 회계장부를 보여 달라고 요청한 뒤에 저 사기꾼
촌장을 데려오게 해서는 이반 뻬뜨로비치가 있는 자리에

서 장부를 검사했습니다. 젊은 주인은 처음에는 아주 주의 깊고 성실한 태도로 저의 검사 과정을 따랐습니다. 하지만 최근 2년간 농부들의 수는 증가한 반면 가금(家禽)과 가축(家畜)의 수는 현저하게 감소했다는 수치가 나오자 이반 뻬뜨로비치는 이러한 일차적인 정보에만 만족했던지 더 이상은 제 말에 귀를 기울이지 않았습니다. 그런데 저의 꼼꼼한 검사와 엄격한 추궁에 몰린 사기꾼 촌장이 망연자실한 표정으로 아무 대꾸도 하지 못하고 있던 그 순간, 이반 뻬뜨로비치가 의자에 앉은 채로 드르렁거리며 코를 고는 소리가 들려왔습니다. 정말로 유감스러운 일이었죠. 그 이후로 저는 그의 재정 관리에 간섭하는 일을 멈추었고, 그의 일은 전능하신 하나님께서 알아서 하시도록 맡겨 버렸습니다.

하지만 그 일로 인해 우리의 우정이 깨진 것은 전혀 아니었습니다. 저는 그의 유약함 그리고 우리나라 젊은 귀족들의 공통적 단점이며 큰 해악을 끼치기도 하는 태만한 삶의 모습에 연민을 느꼈지만, 또 한편으로는 진심으로 그를 사랑했기 때문입니다. 사실 그렇게 온순하고 정직한 젊은이를 어떻게 사랑하지 않을 수 있었겠습니까. 이반 뻬뜨로비치도 저의 연륜에 존경을 표했고 진심으로 저를 따랐습니다. 우리는 습관, 사고방식, 성격 등 어떤 것에서도 닮은 점이 별로 없었지만, 그는 저와의 소박한 대화를 소중하게 여겼기에 세상을 떠나는 순간까지 거의 매일 저와 만났습니다.

이반 뻬뜨로비치는 방종하게 행동하는 성격은 전혀 아니었으며 삶 역시 꽤 절도가 있었습니다. 저는 그가 술에 취한 모습을 한 번도 본 적이 없습니다. 그런 일은 우리나라에서는 전혀 들어 본 적도 없는 일이기에 기적이라고 여길 만합니다. 그는 여성을 매우 좋아하긴 했지만, 성격은 정말 소녀처럼 수줍음이 많은 편이었습니다.[2]

귀하가 편지에서 언급하신 이야기들 외에도 이반 뻬뜨로비치는 많은 원고를 남겼습니다. 그중 일부는 제가 가지고 있고 다른 일부는 그의 창고 관리 할머니가 여러 집안일에 사용했습니다. 그녀가 지난겨울에 자신이 살고 있는 곁채의 모든 창문을 이반 뻬뜨로비치가 완성하지 못한 채 남긴 중편 소설의 1부로 발라 버린 것이 그런 예입니다. 귀하가 언급하신 이야기들은 그의 첫 번째 창작 시도였던

---

[2] (원주) 여기에 한 가지 일화가 나오지만 우리는 그것이 불필요하다고 판단하여 싣지 않음. 하지만 그 일화에 이반 뻬뜨로비치 벨낀의 명예에 손상이 갈 추억은 아무것도 없음을 독자들에게 확언함.

것으로 보입니다. 이반 뻬뜨로비치가 제게 말한 바에 따르면 이 이야기의 대부분은 실제 있었던 일로서, 여러 인물이 그에게 들려준 것이라고 합니다.[3] 하지만 등장인물들의 이름은 그 자신이 지어 낸 것이며, 촌락과 마을의 명칭은 우리 지역에서 가져온 것이기에 어딘가에는 제가 사는 마을 이름도 나와 있을 겁니다. 이는 어떤 나쁜 의도에서가 아니라 순전히 상상력의 부족에서 생긴 일입니다.

이반 뻬뜨로비치는 1828년 가을에 감기에 걸린 후 그것이 열병으로 이어졌는데, 우리 마을 의사의 끈기 있는 노력에도 불구하고 그만 세상을 떠났습니다. 그 의사는 특히 티눈 또는 그와 비슷한 만성 질환을 고치는 데 솜씨가 좋은 사람이었습니다. 이반 뻬뜨로비치는 태어난 지 30년이 되는 해에 제 품 안에서 숨을 거두었고, 고류히노 마을 교회에 있는 돌아가신 부모님의 묘지 근처에 묻혔습니다.

이반 뻬뜨로비치는 중키에 푸른색 눈, 갈색 머리카락,

---

3) (원주) 실제로 벨낀 씨가 남긴 모든 이야기의 원고에는 '내가 어떤 인물(관등 혹은 칭호. 이름과 성의 첫 대문자)로부터 들은 것임'과 같은 구절이 각각 앞에 붙어 있음. 호기심 많은 분들을 위해 그 내용들을 발췌해서 적어 보자면, 「역참지기」는 9등 문관 А.Г.Н.이, 「남겨둔 한 발」은 육군 중령 И.Л.П.가, 「장의사」는 상점 점원인 Б.В.가, 「눈보라」와 「귀족 아가씨 ― 시골 처녀」는 К.И.Т.라는 처녀가 그에게 들려준 것이라고 함.

곧게 뻗은 코를 갖고 있었고 낯빛은 창백했으며 깡마른 사람이었습니다.

친애하는 선생님, 이것이 고인이 된 저의 이웃이자 친구인 사람의 생활방식, 취미, 성격, 외모 등에 대해 제가 기억하는 모든 것입니다. 하지만 저의 편지 내용에서 무언가 쓸모 있는 내용이 있다고 판단되더라도, 저의 이름은 절대 언급하지 말아 주시기를 정중히 부탁드립니다. 제가 문필가들을 대단히 존경하고 사모하는 것은 사실이지만, 저 자신이 그러한 칭호를 가지게 되는 것은 과분하며 제 나이에도 어울리지 않는 행동이라고 생각하기 때문입니다. 귀하께 진심으로 존경과 기타 등등의 마음을 전합니다.

1830년 11월 16일

네나라도보 마을에서

우리는 이 이야기들 저자의 존경스러운 친구께서 밝힌 의사를 존중해 드리는 것이 의무라고 생각하며, 그분이 제공해 주신 정보에도 깊은 감사의 말씀을 드린다. 또한 독자들께서도 이 편지에 담긴 진실성과 선의를 잘 평가해 주시기를 바란다.

А.П.

남겨둔 한 발

우리는 서로를 향해 총을 쏘았다.[1]

- 바라띈스끼

나는 결투의 규칙에 따라 그를 쏘아 죽이겠다고
다짐했다(그의 다음 순서였던 내겐 아직 한 발을 쏠
권리가 남아 있었으니까).[2]

-「야영지의 밤」

우리는 ○○○라는 작은 마을에 주둔하고 있었다.
군대 장교의 삶은 잘 알려진 그대로이다. 아침에는 군
사 훈련과 승마 연습을 하고, 오후에는 연대장의 집이

---

1) 19세기 초반 러시아의 낭만주의 작가 예브게니 바라띈스끼의 1828
년 시「무도회」에서 가져와 에피그라프로 사용한 문장임.
2) 베스뚜제프-마를린스끼의 단편소설「야영지의 밤」(1822)에서 가
져와 에피그라프로 사용한 문장임.

나 유대인의 선술집에서 점심을 먹고, 저녁에는 술을 마시고 카드게임을 한다. ○○○ 마을에는 손님을 맞이해 주는 집이나 아가씨라고 할 만한 여자들은 전혀 없었기에 우리는 군복 외에는 아무 것도 보이지 않는 서로의 숙소에서 모이곤 했다.

우리 무리 속에는 군인이 아닌 사람이 딱 한 명 있었다. 그는 35세쯤 되었기에 우리는 그를 어른으로 대접해 주었다. 이런저런 경험이 많은 그는 우리보다 우월해 보였다. 게다가 평소 그의 침울한 표정, 딱딱한 행동방식, 독설 등은 우리의 젊은 영혼에 강한 영향을 주고 있었다. 어떤 신비로움이 그의 운명을 둘러싸고 있었다. 그는 외모상으로는 러시아인으로 보였지만 이름은 외국인 같은 느낌이었다. 그는 과거에 경기병으로 아주 기분 좋게 복무했다고 말했다. 그런데 왜인지는 모르겠지만 퇴역한 후에 이 초라한 마을로 옮겨와, 한편으로는 검소하면서 또 한편으로는 돈을 헤프게 쓰면서 지내고 있었다. 그는 언제나 닳아빠진 검은색 프록코트를 입고 다녔지만, 우리 연대의 모든 장교를 흔쾌히 자기 숙소로 불러 식사에 초대하곤 했다. 사실 식사라고 해 봤자 퇴역 군인이 차린 두세 개의 요리뿐이었지만, 샴페인은 흘러넘칠 정도였다. 아무도 그의 재산이나 수입을 몰랐고 또 물어볼 엄두도 내지 못했다. 그는 많은 책을 소유하고 있었는데, 대부분은 군사 서적이나 소설이었다. 그는 기꺼이 그 책들을 읽으라고 빌려주곤 했는데, 그 후에 돌려 달라고 요구한 적은 전혀 없었다. 그 대신 자신이 빌려 온 책을 주인에게 돌려주는 일도 전혀 없었다.

그의 주된 취미는 권총 사격이었다. 그의 방 벽면은 총알에 뚫린 구멍들로 뒤덮여 마치 벌집 같았다. 그가 수집해 둔 수많은 권총만이 그가 사는 토담집의 유일한 사치품들이었다. 그의 사격 솜씨는 믿을 수 없을 정도로 대단했기에 그가 누군가에게 군모 위에 배를 놓아두고 쏘아 맞히겠다는 제안을 한다면, 우리들 중 그 누구도 자신의 머리를 그에게 맡기는 것을 두려워하지 않았을 것이다.

우리는 종종 결투에 관한 대화를 했는데, 실비오는 (이제부터 그를 '실비오'라고 부르겠다) 한 번도 그 대화에 끼어들지 않았다. 결투를 해 본 적이 있냐는 질문에 그는 그렇다고 건조하게 답했을 뿐 자세한 이야기는 피했는데, 그러면서 그런 질문은 불쾌하다는 표정을 짓곤 했다. 우리는 그가 자신의 기막힌 총 솜씨에 희생당한 불행한 누군가에 대해 양심의 가책을 느끼고 있어서 그런 태도를 보이는 것이라고 추측했다. 그렇다고 해서 그가 무언가에 대한 두려움과 비슷한 감정을 품을 수 있다는 의심은 전혀 들지 않았다. 외모만 보아도 그런 의심이 들지 않게 하는 사람들도 있는 법이니까 말이다.

그런데 한번은 예기치 못한 사건이 우리 모두를 깜짝 놀라게 했다. 그날 우리 장교 열 명 정도가 실비오의 집에서 식사를 했다. 우리는 평소처럼, 다시 말해 아주 많이 술을 마셨다. 식사를 마친 후 우리는 집주인에게 카드게임을 주관해 달라고 졸랐다. 그는 카드게임을 해 본 적이 거의 없다며 손사래를 쳤지만, 결국은 카드를 가져오라고 지시하더니 탁자 위에 금화 50여 개를 뿌려 놓고 카드를 나눠 주기 시작했다. 우리가 그의 주위를 둘러싸자 게임이 시작되었다. 실비오는 게임을 할 때 말을 전혀 하지 않는 습관이 있었고 논쟁을 하거나 변명을 하는 경우도 없었다. 돈을 건 사람이 실수로 계산을 틀리면 그는 잘못 계산된 차액을 즉시 지불해 주거나 남은 돈을 기록해 두곤 했다. 우리는 이 점을 알고 있었기에 그가 자기 식대로 카드게임을 진행하는 것을 방해하지 않았다.

그런데 그날 우리 중에는 최근에 우리 연대로 배속되어 온 장교가 한 명 끼어 있었다. 그는 게임을 하다가 어느 순간 정신이 산만해졌는지 카드의 귀퉁이를 꺾었다. 실비오는 평소에 하던 대로 분필을 들어 계산을 정정했다.[3] 장교는 실비오가 실수를 했다고 생각하여 자신의 행동에 대해 해명하기 시작했지만, 실비오는 아무 대꾸 없이 계속 카드를 돌렸다. 인내심을 잃은 장교는 잘못 기록했다고 생각된 실비오의 숫자를 지우개로 지워 버렸다. 실비오는 분필을 들어 다시 숫자를 기록했다. 포도주와 게임과 동료들의 웃음소리에 후끈 달아오른 장교는 자신이 심하게 모욕당했다고 생각하여 광분하다가 탁자에서 청동 촛대를 집어 들어 실비오에게 던졌다. 실비오는 간신히 촛대를 피했다. 우리는 경악했다. 실비오는 분노로 창백해져 몸을 일으키더니 눈빛을 번쩍이며 말했다.

---

3) 카드게임에서 카드의 귀퉁이를 꺾는 행동은 돈을 두 배로 걸겠다는 의사 표시로 인정되기 때문임.

"친애하는 선생, 이만 나가 주시오. 그리고 이런 일이 내 집에서 일어났다는 걸 하나님께 감사하시오."

우리는 그 일의 결과가 어떻게 될지에 대해 의심을 품지 않았기에 새로 온 동료를 이미 죽은 사람이나 마찬가지로 생각했다. 장교는 실비오가 원하는 방식으로 이 모욕에 대응할 준비가 되어 있다는 말을 내뱉고는 휙 나가 버렸다. 게임은 몇 분 더 계속되었지만 우리는 집주인이 게임을 할 기분이 아니라는 걸 느꼈기에 차츰 하나둘씩 자리에서 일어난 후, 우리 연대에서 이제 곧 한 사람은 사라지겠다는 말을 주고받으며 각자의 숙소로 흩어졌다.

다음 날 우리가 승마 연습장에서 만나 그 불쌍한 중위가 아직 살아 있을까 하는 질문을 서로 하고 있을 때 마침 그가 모습을 드러냈다. 우리는 그에게 같은 질문을 했다. 그는 실비오로부터 아직 아무 말도 전달받지 못했다고 대답했다. 그것은 놀랄 만한 일이었다. 우리가 실비오를 찾아갔을 때 본 것은 대문에 붙여 놓은 에이스 카드에 총을 쏘아 대는 모습이었다. 그는 평소처럼 우리를 맞아 주었으며 전날 밤의 사건에 관해서는 아무 말도 하지 않았다. 사흘이 지난 후에도 중위는 계속 살아 있었다. 우리는 놀라워하며 서로에게 물어보았다. 설마 실비오가 결투를 하지 않겠다는 건가?

실비오는 결투를 하지 않았다. 그는 중위의 아주 가벼운 변명에 만족하고 화해했던 것이다.

이 일로 인해 우리 젊은이들 사이에서 실비오에 대한 이미지는 크게 손상되었다. 용기야말로 인간이 갖추어야 하는 장점 중에서 최고이며 그것만 갖춘다면 다른 결점들도 용서될 수 있다고 생각하는 젊은이들에게 용기의 부족은 무엇보다도 용서될 수 없는 것이었다. 하지만 점차 모든 것은 잊히고 실비오는 다시 예전의 영향력을 되찾았다.

하지만 나만은 그에게 더 이상 가까이 갈 수 없었다. 원래부터 낭만적인 상상의 세계에 젖어 있던 나는, 수수께끼 같은 삶을 살고 있으며 어떤 신비로운 소설의 주인공처럼 보였던 그의 모습에 강한 애착을 느꼈었기 때문이다. 그도 나를 좋아했기에 다른 사람은 몰라도 나와는 평소의 날카로운 독설을 제쳐 두고 여러 가지 주제에 관해 소탈하고 놀랄 만큼 기분 좋은 태도로 대화를 나누곤 했었다. 하지만 그 불행한 일이 발생한 밤 이후로, 아직도 명예가 회복되지 못한 것은 그의 잘못 때문이라는 생각이 내 머릿속을 떠나지 않았기에 나는 예전처럼 그와 어울리기가 거북했다. 그런 상태였기에 그를 쳐다볼 때마다 마음이 불편해지는 것도 당연했다. 실비오는 대단히 명민하고 세상 경험도 풍부했기 때문에 이 점을 눈치채지 못하거나 그 이유를 추측하지 못할 리가 없었다. 나의 태도가 그를 괴롭게 하는 것 같았다. 나는 최소한 한두 번쯤은 그가 내게 무언가를 해명하고 싶어 한다는 점을 눈치챘다. 하지만 나는 그런 상황들을 피했고, 그러자 그도 서서히 나로부터 멀어져 갔다. 그때 이후로 나는 오직 다른 동료들과 같이 있는 자리에서만 그를 만나게 되었고, 예전의 진솔했던 대화도 더 이상 우리 사이에서 이루어지지 않았다.

대도시에서 부산하게 살아가는 사람들에겐 시골 마을이나 작은 도시에 사는 사람들이 아주 친근하게 느끼는 많은 감정이 무엇인지 생소할 것이다. 예를 들어 우편물이 오는 날에 대한 기대감 같은 것 말이다. 화요일과 금요일이 되면 우리 연대의 사무실은 돈, 편지, 신문 등을 기다리는 장교들로 꽉 차곤 했다. 봉투에 담긴 편지는 대개 즉석에서 개봉되었고 새 소식들도 전해졌는데, 그러면 사무실은 정말 활기가 넘쳤다. 우리 연대를 수신지로 하여 편지를 받고 있던 실비오 역시 그런 자리에 함께하곤 했다.

어느 날 실비오에게 봉투에 담긴 편지가 우송되어 왔는데, 그는 엄청나게 초초한 기색으로 봉투를 뜯은 후 눈빛을 번쩍이며 편지를 읽어 내려갔다. 각자 자신의 편지를 읽고 있던 장교들은 아무 것도 눈치채지 못했다.

"여러분."

실비오가 말했다.

"사정이 생겨서 나는 즉시 떠날 수밖에 없게 되었소. 오늘 밤에 떠나게 될 것 같소. 마지막으로 여러분과 식사를 함께하고 싶으니 거절하지 말고 와 주기 바라오."

그는 나를 향해서도 말을 이어갔다.

"당신도 기다리겠소. 꼭 와 주기 바라오."

이 말과 함께 그는 서둘러 밖으로 나갔다. 우리는 실비오의 집에서 만날 약속을 한 후에 각자 갈 길로 흩어졌다.

약속된 시간에 실비오의 집에 가 보았더니 거의 연대 전체가 와 있었다. 모든 물건이 이미 꾸려져 있었고, 총알 자국이 가득한 벽만 썰렁하게 남아 있었다. 우리는 식탁에 앉았다. 집주인은 기분이 아주 좋아 보였는데, 그 유쾌함은 자리에 있던 모두에게 곧 퍼졌다. 펑펑 소리를 내며 병마개가 연달아 터졌고 술잔에는 쉭쉭 소리를 내며 끊임없이 거품이 일었다. 우리는 떠나는 사람에게 안전한 여행과 모든 행운을 진심으로 기원해 주었다. 밤늦은 시간이 되어서야 우리는 모자를 집어 들고 자리에서 일어났다. 실비오는 모두와 작별 인사를 나누고 있다가, 내가 막 나가려고 하던 순간에 내 손을 잡고 만류했다.

"당신과 할 얘기가 있소."

그는 조용히 내게 말했고, 나는 그의 집에 남았다.

손님들이 다 돌아간 후 남은 사람은 우리 둘뿐이었다. 우리는 마주 보고 앉아 담배 파이프에 불을 붙였다. 실비오는 뭔가 근심이 있는 듯했는데, 발작적으로 나타나곤 했던 예전의 유쾌함은 이미 전혀 찾아볼 수 없었다. 창백한 얼굴에 깃든 음울함, 번뜩이는 눈동자, 입에서 뿜어져 나오는 자욱한 담배 연기로 인해 그는 진짜 악마 같은 분위기를 풍겼다. 몇 분이 지난 후 실비오는 침묵을 깼다.

"어쩌면 우리는 다시는 못 만나게 될지도 모르오."

그가 말문을 열었다.

"헤어지기 전에 당신에게 해명하고 싶은 게 있었소. 알고 있겠지만, 나는 남들이 나에 대해 어떤 생각을 하든 별다른 가치를 두지 않는 사람이오. 하지만 난 당신만큼은 좋아하오. 그래서 당신 마음속에 나에 대한 잘못된 인상을 남겨 두고 떠난다면 괴로울 수 있겠다는 생각이 들었소."

그는 말을 멈춘 후에 이미 다 태운 파이프에 새로 담배 가루를 채우기 시작했다. 나는 눈을 내리깔고 침묵을 지켰다.

그가 말을 이어갔다.

"당신은 내가 저 미치광이 P○○○로부터 만족할 만한 결과를 가져올 수 있는 조치를 취하지 않은 것이 이상했을 것이오. 무기 선택권이 내게 있었기에 그자의 목숨은 내 손에 달려 있던 반면에 나는 거의 위험하지 않았다는 점에는 당신도 동의할 거요. 내 성격이 관대해서 자제하는 행동을 했다고 둘러댈 수도 있겠지만, 거짓말을 하고 싶지는 않소. 만일 내 목숨이 위험해질 가능성이 전혀 없었다면, 나는 결단코 그를 용서하지 않았을 것이오."

나는 깜짝 놀라 실비오를 쳐다보았다. 그런 식의 고백은 매우 당혹스러웠다. 실비오는 말을 이어갔다.

"바로 그게 요점인데, 내 목숨이 죽음에 처하도록 내버려 둘 권리가 내겐 없다는 뜻이오. 나는 6년 전에 따귀를 맞았고 나의 적은 아직 살아 있기 때문이오."

나는 강한 호기심에 자극되었다. 내가 물었다.

"그자와 결투를 하지 않았다는 겁니까? 아마 어떤 사정이 생겨서 헤어지게 되었나 보군요?"

실비오가 대답했다.

"결투를 하긴 했소. 여기 결투의 기념품이 있소."

실비오는 자리에서 일어난 후 마분지 상자에서 금술과 레이스가 달린 붉은색 모자(프랑스인들이 'bonnet de police'[4]라고 부르는 것)를 꺼냈다. 그는 그 모자를 써서 보여 주었다. 모자에는 이마로부터 1베르쑥[5]쯤 위

---

4) (원주) 경찰 모자.
5) 베르쑥(вершок): 제정 러시아 시기의 거리 단위. 1베르쑥은 현재의 약 4.5센티미터에 해당함.

쪽에 총알구멍이 있었다.

실비오는 말을 이어갔다.

"당신도 알다시피 나는 B○○○ 경기병 연대에서 복무한 적이 있소. 내 성격은 당신도 알 거요. 나는 남들에 앞서 선두를 차지하는 것에 익숙한 사람인데, 그건 젊은 시절부터 내 안에서 생겨난 열정과도 같은 것이었소. 그 시절에는 난폭함이 유행이었는데, 나는 부대에서 첫째 갈 정도로 난폭한 행동을 즐겼소. 우리는 과음을 자랑거리로 삼았고 나는 제니스 다븨도프6)가 칭송했던 그 유명한 부르쪼프7)보다 더 많이 마셨소. 우리 연대에서 결투는 종종 있는 일이었는데, 나는 그 모든 결투의 증인이었거나 당사자였소. 연대의 동료들은 나를 우상처럼 생각했지만, 늘 교대되어 부임하는 연대장들은 나를 필요악으로 간주했소.

나는 편안한 마음으로(편안하지 않을 때도 있었겠지만) 나의 명성을 즐기고 있었는데, 어느 날 명문가 귀족

---

6) 제니스 바실리예비치 다븨도프(1784~1839): 러시아의 시인이자 군인으로 경기병 부대에 관련되는 시들을 많이 썼음.

7) 알렉세이 뻬뜨로비치 부르쪼프(1783~1813): 다븨도프의 경기병 연대 동료였던 인물로서, 폭음과 난폭한 행동으로 유명했음.

출신의 부유한 어떤 젊은이가 우리 부대로 배속되어 왔소(그의 이름은 말하고 싶지 않소). 나는 태어나서 그토록 찬란하게 행복을 타고난 사람을 본 적이 없소! 상상해 보시오. 젊음, 지성, 잘생긴 외모, 엄청난 쾌활함, 앞뒤 가리지 않는 용맹함, 가문이 가지는 유명세, 그 자신도 얼마인지 모르고 아무리 써도 고갈되지 않는 돈, 이런 것들을 상상해 보란 말이오. 그러니 그 자가 우리에게 어떤 영향을 미쳤을지는 짐작할 수 있을 것이오.

연대에서 내가 누리고 있던 최고의 위치는 흔들리기 시작했소. 내 명성에 유혹된 그는 나와 친해져 보려 시도하기도 했지만, 내가 차갑게 대하자 아무 미련도 없이 내게서 멀어졌소. 하지만 막상 그렇게 되니 내 안에서 증오심이 생겨나더군. 연대 내에서와 여성들 사이에서 그가 누리는 성공은 나를 극도의 절망으로 몰아갔소. 나는 그자와 싸울 기회를 찾기 시작했소. 내가 경구(警句)들을 말하면 그는 언제나 나의 것보다 더 참신하고 더 날카로우며 나의 것과 비교가 안 될 정도로 더 재미있어 보이는 경구들로 응수하곤 했소. 내가 악의를 가지고 경구를 내뱉으면 그는 농담처럼 답하는 방식이었던 거요.

그러다가 마침내 하루는 어느 폴란드 지주의 집에서 무도회가 열렸을 때 내 눈에는 그자가 모든 여인, 특히 나와 관계를 맺고 있던 그 집 여주인의 관심을 독차지하고 있는 것이 보였소. 나는 그자에게로 가서 지독하게 무례한 말을 귀에 대고 지껄였소. 얼굴이 확 붉어진 그자는 내 뺨을 철썩 갈겼고 우리는 즉시 둘 다 군도를 잡아 쥐었소. 여인들은 기절했고 사람들은 우리를 뜯어말렸지만, 우리는 그날 밤 바로 결투를 하러 갔소.

새벽빛이 어스름한 시간이었소. 나는 약속된 장소에서 내 쪽의 입회인 세 사람과 함께 서 있었소. 나는 뭐라 설명하기 힘든 초조함 속에서 적수를 기다렸소. 봄날의 태양이 떠오른 후 차츰 더운 기운이 느껴지기 시작했을 때 멀리서부터 그자의 모습이 보였소. 칼 위에 군복 상의를 걸쳐 한 손에 든 채 입회인 한 명과 함께 걸어오더군. 우리는 그자 쪽으로 나아갔는데, 다가오는 모습을 보니 다른 손에는 체리 열매를 가득 채운 군모를 들고 있더군요. 입회인들은 우리 사이에 열두 걸음의 거리를 재어 주었소. 결투의 원인 제공자는 그자였으니 원래대로라면 내가 먼저 쏘아야 했소. 하지만 분노에 사로잡혀 아주 심하게 흥분하고 있던 나는 그 상태에서 내 손의 정확성을 믿을 수 없었기에 머리를 식힐 시간도 벌 겸 그자에게 먼저 쏘라고 양보했소. 하지만 상대는 응하지 않았고 결국 제비뽑기로 결정하게 되었소. 먼저 발사할 권리는 영원한 행운아인 그자에게 돌아갔소.

그자는 조준을 하더니 발사했고 총알은 내 군모를 뚫고 지나갔소. 다음은 내 차례였지. 그자의 목숨은 마침내 내 손아귀에 놓이게 되었던 거요. 나는 그자에게서 조금이라도 불안한 기색을 포착하려고 뚫어질 듯 그자의 얼굴을 노려보았소…. 그런데 내 총구에 몸을 맡긴 것이나 마찬가지였던 그자는 선 채로 군모에서 잘 익은 체리 열매를 골라내 먹으며 씨앗들을 뱉고 있더군. 그 씨앗들이 내 발 밑까지 날아 왔소. 그자의 태연함이 나를 격노하게 만들었소. 순간 '이자가 자기 목숨을 아무렇지도 않게 여기는데 내가 그것을 빼앗은들 무슨 소용이 있단 말인가?'라는 생각이 들더군.

그러자 문득 내 머릿속에 사악한 생각이 번뜩였소.

나는 총구를 내리고 그자에게 말했소.

'당신은 아직 죽을 기분이 아닌 것 같소. 아침 식사 중인 것 같은데 계속 드시오. 방해할 마음은 없소.'

그러자 그자가 반박하더군.

'방해라니 그 무슨 말씀을. 어서 쏘시오. 그게 아니라면 마음대로 하시오. 어쨌든 이번엔 당신이 쏠 차례니까 난 언제라도 당신 뜻에 따르겠소.'

나는 입회인들에게 지금은 쏠 생각이 없다고 말했고 그것으로 결투는 끝났소.

그 후 나는 군을 전역하고 이 작은 마을로 떠나왔소. 그때 이후 단 하루도 복수에 대해 잊은 날이 없었는데, 이제 때가 찾아온 거요."

실비오는 아침에 받은 편지를 주머니에서 꺼내 내게 건네주며 읽어 보라고 했다. 그의 업무 대리인인 듯한 누군가가 모스크바에서 보내온 편지였는데, 거기에는 어떤 유명 인물이 곧 젊고 아름다운 아가씨와 결혼식을 올리게 된다는 말이 적혀 있었다.

실비오는 자리에서 일어나 바닥에 군모를 내던진 후 우리 안에 갇힌 호랑이처럼 방 안을 이리저리 돌아다니며 말했다.

"당신은 이 '유명 인물'이 누군지 짐작이 갈 거요. 나는 모스크바로 갈 생각이오. 그자가 예전에 체리 열매를 먹으며 그랬던 것처럼 결혼식을 앞두고도 그렇게 태연한 태도로 죽음을 맞이할 수 있을지 지켜볼 작정이오!"

나는 꼼짝 않고 그의 말을 들었다. 이상하고도 모순적인 두 가지 감정이 나를 흥분시켰다.

하인이 들어와 말이 준비되었다고 알렸다. 실비오는 내 손을 굳게 잡았고 우리는 작별의 키스를 나누었다. 그는 마차에 올랐는데, 마차에 실린 여행 가방 두 개 중 하나에는 권총들이 들어 있었고 다른 하나에는 가재도구들이 있었다. 우리는 다시 한번 작별 인사를 나누었고 말은 달리기 시작했다.

2

몇 년의 시간이 흐른 후 나는 집안 사정 때문에 H○○○군에 있는 가난한 시골 마을로 이주해 정착했다. 영지 경영을 하던 중 나는 예전의 떠들썩하면서도 한편으로는 근심이 없던 삶을 그리워하며 늘 혼자서 한숨 쉬곤 했다. 무엇보다도 힘들었던 것은 가을과 겨울의 저녁 시간을 완전한 고독 속에서 보내는 데 익숙해지는 것이었다. 점심때까지는 촌장과 이야기를 나누거나 일터를 둘러보러 다니거나 새로운 시설물들 주위를 어슬렁거리며 그럭저럭 시간을 보낼 수 있었다. 하지만 일단 땅거미가 내려앉기 시작하면 나는 도무지 뭘 어떻게 해야 할지 몰랐다. 찬장 밑과 헛간에서 발견한 몇 권의 책들은 너무 여러 번 읽어서 외울 정도가 되었다. 창고 관리 할멈 끼릴로브나만이 기억하고 있는 옛날이야기들은 질릴 정도로 들었고 아낙네들의 노래는 울적한 마음만 불러일으켰다. 아직 단맛이 덜 배인 과실주를 마셔 보기도 했지만 머리만 아플 뿐이었다. 사실 솔직히 말하자면, 나는 '홧김에 마시는 술꾼'이 될까 봐, 다시 말해 우리 군에서 많이 본 적 있었던 '홧술 마시는' 무리 중 하나가 될까 봐 겁이 났던 것이다. 대화를 해 봤자 대부분 딸꾹질이나 한숨만 쉬며 홧술을 마셔 대는 두세 명을 제외하면 내 주변에 가깝게 지내는 이웃이라곤 없었다. 그랬기에 고독한 삶을 견디는 것이 차라리 더 나았다.

내 집에서 4베르스따[8] 떨어진 곳에는 Б○○○ 백작 부인의 부유한 영지가 있었다. 하지만 그곳에는 영지 관리인만 살고 있었고 백작 부인은 결혼 첫해에 딱 한 번 방문했을 뿐 그것도 한 달이 채 못 되어 떠나버렸다고 했다. 그런데 내가 은둔 생활을 한 지 2년째 되는 해 봄에 그 백작 부인이 여름을 보내기 위해 남편과 함께 영지로 온다는 소문이 퍼졌다. 실제로 그들은 6월 초에 도착했다.

부유한 이웃의 도착은 시골에 사는 사람들에겐 엄청난 사건이다. 지주들과 그들의 하인들은 두 달 전부터 시작해 3년 후까지도 그 얘기를 한다. 솔직히 말해 나의 경우에도 젊고 아름다운 여자 이웃이 왔다는 소식에 마음이 적잖이 흥분되었다. 나는 그녀가 보고 싶어 조바심이 났고 그래서 그녀가 도착한 뒤 첫 번째 일요일에 식사를 마친 후, 백작 부부의 가장 가까운 이웃이자 아주 겸손한 종복이라고 나 자신을 소개하기 위해 그들이 있는 ○○○ 마을로 향했다.

---

8) 베르스따(верста): 제정 러시아 시기의 거리 단위. 1베르스따는 약 1,067킬로미터에 해당함.

하인은 나를 백작의 서재로 안내한 뒤 나의 방문을 알리려고 물러갔다. 널찍한 서재는 상상할 수 있는 모든 호화로운 물건들로 장식되어 있었다. 벽을 따라서는 많은 책이 꽂힌 책장들이 늘어서 있었는데, 책장마다 위쪽에는 청동으로 만든 반신상이 놓여 있었다. 대리석 벽난로 위로는 큰 거울이 걸려 있었고 초록빛 나사 천으로 덮인 마루에는 양탄자도 깔려 있었다. 초라한 집에서 사느라 사치품을 멀리했고 이미 오래전부터 남들의 부를 본 적도 없던 나는 움츠러든 마음으로 몸을 떨며 백작을 기다렸다. 그건 마치 시골에서 온 청원자가 장관이 나타나기를 기다리는 듯한 모습이었다.

문이 열리자 대략 서른두 살쯤 되어 보이는 잘생긴 남자가 들어왔다. 백작은 스스럼없고 친근한 표정으로 내게 다가왔다. 나는 마음을 가다듬은 후 내 소개를 하려 했는데, 백작이 먼저 자기소개를 했다. 우리는 자리에 앉았다. 격의 없이 친절하게 말하는 그를 대하다 보니 나의 소심함은 곧 사라졌고 나는 평정심을 회복했다.

그런데 그 순간 백작 부인이 불쑥 들어왔고, 나는

백작을 마주했을 때보다 더 당황했다. 그녀는 정말로 미인이었다. 나는 백작이 나를 그녀에게 소개했을 때 허물없는 태도를 보이고 싶었지만, 거리낌 없이 행동하는 척 애를 쓸수록 말은 더 쭈뼛거리며 나왔다. 그들은 내가 마음을 편히 먹고 처음 접하는 환경에 익숙해질 시간도 가질 수 있도록 자기들끼리 얘기를 시작했다. 또한 한편으로는 마치 오래된 이웃을 대하듯 내게 격의 없이 행동했다. 그러는 동안 나는 장서와 그림들을 구경하며 서재 안을 이리저리 걸어 다녔다. 나는 그림에 대해서는 아는 것이 별로 없는 사람이지만 그래도 어떤 한 폭의 그림에는 시선이 갔다. 그 그림은 스위스의 어떤 풍경을 묘사한 것이었는데, 나를 흠칫 놀라게 한 것은 그림 자체가 아니라 그림에 거의 겹치듯 위아래로 나 있는 두 개의 총알 자국이었다.

"훌륭한 사격 솜씨군요."

나는 백작을 돌아보며 말했다.

"그렇습니다. 정말 대단한 솜씨지요."

백작이 대답했다. 그가 얘기를 이어나갔다.

"그런데 당신도 총을 잘 쏘십니까?"

나는 마침내 내게 친숙한 화제가 대화선상에 올라

온 걸 기뻐하며 대답했다.

"꽤 쏘는 편입니다. 30보 거리라면 실수 없이 카드를 쏘아 맞힐 수 있습니다. 물론 손에 익은 권총으로 쏜다면 그렇다는 얘깁니다."

"정말인가요?"

백작 부인이 큰 관심을 보이며 내게 물었다.

"그런데 여보, 당신도 30보 거리에서 카드를 맞힐 수 있어요?"

"언제 한번 시험해 봅시다. 한때는 나도 괜찮게 쏘았지만 지금은 벌써 4년째 총을 손에 안 잡아서."

부인의 물음에 백작이 대답했고, 이어서 내가 말했다.

"아, 그렇다면 제가 각하와 내기를 해도 되는데 20보 거리에서도 못 맞추실 겁니다. 사격은 매일 연습을 해야 하는 거니까요. 그건 제가 경험해 봐서 압니다. 저는 당시 복무하던 연대에서 명사수 중 한 명으로 꼽혔지요. 그런데 한 번은 한 달 내내 총을 잡지 못했던 일이 있었습니다. 그때 제 권총은 전부 수리 중이였거든요. 그런데 각하, 어떻게 되었을 것 같습니까? 그 후 처음으로 권총을 잡았을 때 저는 25보 거리에 있는 병을 네 번이나 연달아 못 맞추었습니다. 저의 연대에는 말솜씨도 재치 있고 우스갯소리도 잘하는 대위 한 명이 있었는데, 그 양반이 그 모습을 보더니 이렇게 말하더군요. '이보게 친구, 자네는 저 병을 조준할 만큼 손을 들어 올릴 힘도 없는 모양이군.' 각하, 사격 연습을 소홀히 하시면 절대 안 됩니다. 그렇지 않으면 금방 잊어버리시게 될 테니까요. 제가 만났던 가장 훌륭한 총잡이는 매일 식사 전에 적어도 세 번은 사격 연습을 했습니다. 식전에 보드카 한 잔을 마시는 것처럼 사격 연습도 그의 몸에 밴 습관이었죠."

백작과 부인은 내가 활기차게 얘기를 해 나가는 것을 기뻐했다. 백작이 내게 물었다.

"그런데 그 사람은 총 솜씨가 어땠습니까?"

"네, 각하. 바로 이런 식이었습니다. 파리가 날아와 벽에 붙는 게 그의 눈에 딱 들어옵니다. 백작 부인, 웃으시는군요? 실제로 있었던 일을 말씀드리는 겁니다. 파리를 본 그가 외칩니다. '이봐, 꾸지까! 내 권총 가져와!' 그러면 꾸지까가 장전된 총을 즉시 가져옵니다. 그가 한 발 '빵' 하고 쏘면 파리란 녀석은 벽에 납작해지는 거죠."

"정말 놀라운 일이군요. 그런데 그 사람 이름이 뭔

가요?"

백작이 물었다.

"실비오라고 합니다, 각하."

"실비오!"

백작이 자리에서 벌떡 일어나며 외친 후 내게 물었다.

"당신이 실비오를 압니까?"

"물론이죠, 각하. 저와 친한 사이였습니다. 그는 우리 연대에서 동료 장교나 마찬가지로 대접받았습니다. 하지만 그로부터 아무 소식도 듣지 못한지가 벌써 5년쯤 되었네요. 그런데 각하께서도 그 사람을 아시는 것 같군요?"

"압니다, 아주 잘 알죠. 그 사람이 혹시 당신에게 어떤 얘기를…. 아니 그랬을 리가 없지만, 그래도 혹시 그 사람이 당신에게 어떤 아주 이상한 사건 이야기를 해 준 적은 없었나요?"

"혹시 무도회에서 어떤 건달 같은 자한테 따귀를 얻어맞은 일 말씀이십니까, 각하?"

"그 건달의 이름은 말하지 않던가요?"

"아니요, 말하지 않았습니다…. 아이고 이런, 각하!"

진상이 무엇이었는지 짐작이 된 나는 말을 이었다.

"죄송합니다…. 제가 진상을 몰랐던지라…. 그런데 각하께서 정말 그…."

"네, 내가 맞습니다."

백작은 무척 낙담한 표정으로 대답했다.

"총알에 뚫린 흔적이 있는 저 그림은 우리의 마지막 만남에서 나온 기념품입니다…."

"아, 여보. 제발 그 얘기는 하지 말아요. 듣기만 해도 소름이 끼칠 것 같아요."

백작 부인이 말했다.

"아니, 난 이분께 전부 얘기해 드릴 생각이오."

백작이 부인의 말을 제지했다.

"이분은 내가 자신의 친구를 어떻게 모욕했는지를 알고 있소. 그렇다면 이제 실비오가 내게 어떻게 복수했는지도 알고 계셔야 하오."

백작은 내 옆으로 안락의자를 가져다 대 주었고 나는 강렬한 호기심을 품은 채 다음과 같은 이야기를 들었다.

"나는 5년 전에 결혼했습니다. 신혼의 첫 달은 여기 이 마을에서 보냈죠. 내 인생의 가장 행복했던 순간들과 가장 고통스러운 추억 중의 하나가 이 집에 함께 남아 있습니다.

어느 날 저녁 우리 부부가 말을 달리고 있었는데 아내의 말이 왠지 고집을 부리더군요. 깜짝 놀란 아내는 제게 고삐를 넘겨준 후 자신은 걸어서 집으로 향했습니다. 나는 말을 몰아서 먼저 갔지요. 집에 도착하니 마당에 여행 마차가 와 있는 것이 보였습니다. 이름을 밝히기를 거부하는 어떤 사람이 나한테 볼일이 있다고만 말한 후 서재에서 기다리고 있다더군요. 안으로 들어가 보았더니 수염이 더부룩한 남자가 먼지를 뒤집어쓴 채 어둠 속에서 여기 벽난로 곁에 서 있는 것이 보였습니다. 나는 얼굴 윤곽을 통해 그가 누군지 기억해 내려 애쓰며 다가갔습니다.

'백작, 나를 알아보지 못하겠나?'

그가 떨리는 목소리로 말했습니다.

'실비오!'

나는 놀라 소리쳤습니다. 솔직히 말해 그때는 머리칼이 곤두서는 느낌이었습니다.

'맞아, 알아보는군.'

그가 말을 이어갔습니다.

'내 순서로 남겨둔 총알 한 발이 있었지. 그걸 쏘려

고 왔네. 준비는 되어 있나?'

그의 옆 주머니에 권총 한 자루가 삐죽하게 튀어나와 있는 모습이 보였습니다. 나는 저쪽 구석까지 가면서 열두 걸음을 재고 선 후에, 아내가 돌아오기 전에 어서 쏘아 달라고 부탁했습니다. 그는 시간을 끄는 한편으로 실내를 밝혀 달라고 요구했습니다. 그래서 나는 하인을 시켜 촛불을 가져오게 했죠. 나는 아무도 들어오지 말라고 지시하며 문을 잠근 후에, 다시 그에게 쏘라고 말했습니다. 그는 권총을 꺼내 조준했고 나는 속으로 초 단위로 시간을 계속 셌습니다…. 아내 생각을 하면서 말이죠…. 그렇게 끔찍한 1분이 지났습니다!

그러자 실비오가 손을 내리고 말하더군요.

'이 총에 장전된 것이 체리 열매 씨앗이 아닌 게 유감이군…. 총알이 씨앗보단 무겁잖나. 어쨌든 지금 우리가 하려는 건 결투가 아니라 살인이라는 생각이 드는군. 난 총을 들지 않은 상대를 조준하는 데 익숙하지 않아서 말이야. 처음부터 다시 시작하세. 제비를 뽑아서 누가 먼저 쏠지 정하자고.'

머리가 어질어질해지는 느낌이었습니다…. 나는

그의 말에 동의하지 않았던 것으로 기억합니다… 어쨌든 나는 다른 하나의 총을 가져와서 장전했습니다. 그는 두 장의 쪽지를 접더니 언젠가 내가 구멍을 냈던 자신의 군모 안에 넣었습니다. 나는 또다시 1번을 뽑았습니다.

'백작, 자네는 지독하게 운이 좋군.'

그는 내가 절대로 잊지 못할 비웃는 미소를 지으며 말했습니다. 그 순간 내게 무슨 일이 일어났던 건지, 그리고 어떻게 그가 나를 그 상태에 처하도록 만들었는지는 모르겠지만… 어쨌든 나는 방아쇠를 당겼고 총알은 이 그림에 박혔습니다."

백작은 총알에 뚫린 자국이 있는 그림을 손가락으로 가리켰는데, 얼굴이 불처럼 타오르고 있었다. 백작 부인의 얼굴은 자신의 손수건보다 더 새하얗게 질려 있었다. 그 모습을 보니 내 입에서도 '앗' 소리가 나올 정도였다.

백작은 얘기를 이어갔다.

"내가 쏜 총알은 다행히 빗나갔는데, 그러자 실비오가 나를 향해 다시 총을 겨누더군요. 그 순간 그의 표정은 정말 섬뜩할 정도였습니다. 그때 문이 갑자기

덜컹 열리더니 마샤가 뛰어 들어와 비명을 지르며 내 목을 끌어안았습니다. 아내의 등장으로 나는 기력을 되찾았습니다. 내가 아내에게 말했죠.

'여보, 우리가 장난을 치고 있는 게 안 보이오? 왜 그리 경악한 표정을 짓는 거요! 가서 물 한 잔 마시고 와요. 내 오랜 친구이자 동료를 소개해 주겠소.'

하지만 마샤는 여전히 믿지 못하겠다는 기색을 보이더니, 소름 끼치는 표정을 하고 있던 실비오를 향해 물었습니다.

'내 남편의 말이 사실인가요? 정말로 두 분은 장난을 치고 있는 건가요?'

실비오가 대답했습니다.

'백작 부인, 이 친구는 장난기가 많답니다. 언젠가는 장난스럽게 내 따귀를 때렸고, 장난치듯이 바로 이 모자에 총알을 뚫어버렸죠. 조금 전에는 장난치듯이 총알을 빗나가게 했답니다. 자, 이번엔 내가 장난을 치고 싶은 생각이 드네요….'

이 말과 함께 그는 나를 향해 총구를 겨누기 시작했습니다. 아내가 있는 데서 말입니다! 아내는 그의 발밑에 몸을 던졌습니다. 나는 격분해서 소리를 질렀습니다.

'마샤, 일어나요. 부끄러운 모습은 보이지 말아요! 그리고 이보시오, 이 불쌍한 여인을 조롱하는 행동을 계속해야겠소? 자, 날 쏠 거요, 말 거요?'

실비오가 대답했습니다.

'안 쏘겠네. 이 정도로 만족하네. 자네가 당황해하고 겁먹은 모습을 보았으니까. 게다가 자네로 하여금 다시 한번 내게 총을 쏘도록 만들었으니 이 정도면 충분하네. 자네는 나를 잊지 못하게 될 거야. 자네를 스스로의 양심에 맡기겠네.'

그는 말을 마치고 밖으로 나가려다가 문가에서 걸음을 멈추고는 뒤돌아서 조금 전에 내가 맞추었던 그림을 보았습니다. 그러더니 거의 조준도 하지 않은 채 발사를 하고는 나가 버리더군요. 아내는 기절한 상태였고 하인들은 무서워서 감히 그를 제지할 생각도 못한 채 바라보기만 했습니다. 그는 현관으로 나가 소리쳐 마부를 부르더니 내가 미처 정신을 차리기도 전에 떠나 버렸습니다."

백작은 더는 말을 잇지 않았다. 이렇게 해서 나는 언젠가 그 시작 부분만으로도 나를 그토록 놀라게 했

던 이야기의 결말을 알게 되었다. 나는 그 이야기의
주인공과 더 이상 만나지 못했다. 전해지는 바에 따르
면, 실비오는 알렉산드르 입실란티[9]의 반란 때 에테
리스트들의 한 부대를 지휘하다가 스꿀랴늬 전투[10]
에서 전사했다고 한다.

---

9) 알렉산드르 입실란티(1792~1828): 한때 러시아군의 장교로도 복
　무하여 1812~1813년의 조국전쟁에서는 나폴레옹 군대의 러시아
　침략에 대항하는 장교의 일원으로 싸웠음. 1821년부터는 터키에 항
　거하며 그리스의 독립을 쟁취하려 했던 그리스의 비밀 조직 '필리
　키-에테리야'의 지도자로 활동했음.
10) 터키에 항거하는 그리스의 독립 전쟁 시기인 1821년 6월 17일에 스
　꿀랴늬 지역에서 있었던 전투.

눈보라

말들이 언덕 위를 질주한다.

깊이 쌓인 눈을 헤치며....

한쪽 옆으로는

외로운 교회 하나가 보인다.

....

갑자기 주위에 눈보라가 일어나

눈이 덩어리만큼 커져서 굴러다닌다.

검은 까마귀가 요란하게 날갯짓하며

썰매 위쪽을 맴도는데

끄르륵거리는 까마귀의 울음소리는 슬픔을 예

고한다!

서둘러 달리는 말들은

갈기를 일으켜 세우며

저 멀리 어둠 속을 예민하게 바라본다.[1]

- 주꼽스끼

---

1) 19세기 러시아의 낭만주의 시인 바실리 주꼽스끼(1783~1852)가
1812년에 쓴 발라드 「스베뜰라나」에서 가져와 에피그라프로 사용
한 구절임.

우리가 잊을 수 없는 시기인 1811년 말에 가브릴라 가브릴로비치 P ○○라는 이름의 지주가 네나라도보 마을의 자기 영지에 살고 있었다. 그는 손님을 환대하고 친절하기로 인근 모든 지역에 유명한 사람이었다. 인근에 살고 있는 사람들은 그와 식사를 하거나 술을 마시거나 5꼬뻬이까를 걸고 그의 아내와 보스턴 게임을 하려고 끊임없이 그의 집을 찾아오곤 했다. 몇몇 사람들은 그의 열일곱 살 딸 마리야 가브릴로브나를 보려고 찾아오기도 했는데, 그녀는 날씬한 몸매에 창백한 얼굴의 아가씨였다. 그녀는 일등 신붓감으로 꼽혔으며, 많은 남자들이 그녀를 자신의 배우자 혹은 며느릿감으로 바라고 있었다.

마리야 가브릴로브나는 프랑스 소설들을 읽으며 자라났기에 당연히 사랑에 빠져 있었다. 그녀가 선택한 대상은 고향 마을에서 휴가를 보내고 있던 가난한 육군 소위보였다. 물론 이 젊은이도 그녀와 똑같이 열정에 불타오르고 있었는데, 이 점을 눈치챈 부모는 딸에게 그 남자에 대한 생각은 더 하지 말 것을 지시했으며 그를 퇴직한 법원 직원보다 더 차갑게 대했다.

우리의 연인들은 편지를 주고받거나, 소나무 숲이

나 낡은 예배당 앞에서 매일 단둘이 만나기도 했다. 거기서 그들은 영원한 사랑을 맹세했는데, 자신들의 운명을 원망하면서 앞으로 어떻게 해야 할지 여러 생각을 나누기도 했다. 그런 식으로 편지를 주고받거나 얘기를 나누다가 그들은 (아주 자연스러운 일이겠지만) 다음과 같은 결론에 도달했다. 우리는 서로가 없으면 살 수 없는 사이인데, 만일 잔인한 부모님의 의지가 우리의 행복한 미래를 방해한다면 그분들의 뜻은 무시해도 되지 않을까? 이 행복한 생각은 청년의 머릿속에 먼저 떠올랐지만 마리야 가브릴로브나의 낭만적 상상까지 크게 만족시켰다.

겨울이 와서 그들이 더 이상 만날 수 없는 상황이 되자 편지 교환이 더 활기를 띠게 되었다. 블라지미르 니꼴라예비치는 보내는 편지마다 그녀에게 모든 일을 자신에게 맡기고 비밀리에 결혼식을 올리자고 애원했다. 그 후 얼마 동안 숨어 지내다가 부모님의 발 앞에 몸을 던지면 그분들은 두 연인의 지고지순함과 불행에 감동해서 결국은 '얘들아, 우리 품에 안기어라!'라고 말할 게 틀림없다는 것이었다.

마리야 가브릴로브나는 오랫동안 망설였다. 그녀

는 그가 제시한 여러 가지 도주 계획을 번번이 거절했지만 마침내 그와 함께하기로 마음을 먹었다. 도망가기로 합의가 된 날짜가 되면 그녀는 머리가 아프다는 핑계를 대고 저녁을 거른 채 자신의 방으로 간 후에 미리 입을 맞추어 놓은 하녀와 함께 뒷문을 통해 정원으로 나가서 준비된 썰매를 타기로 했다. 그다음 네나라도보 마을에서 5베르스따 떨어진 자드리노 마을로 달려가 곧장 교회로 들어가면 블라지미르가 그들을 맞이한다는 계획이었다.

결정적인 순간이 오기 전날 밤, 마리야 가브릴로브나는 밤새 잠을 못 이루었다. 속옷과 드레스를 챙겨 짐을 꾸리는 가운데 그녀는 자신과 친밀하며 감수성이 풍부한 아가씨에게, 그리고 부모님께 각 한 통씩 긴 편지를 썼다. 극히 감동적인 표현으로 작별을 알리는 글 속에서 그녀는 억제할 수 없는 열정 때문에 생겨난 자신의 죄를 용서해 달라고 빌었고, 세상에서 가장 소중한 부모님의 발 앞에 엎드리는 허락을 받게 될 때가 자신의 삶에서 가장 행복한 순간이 될 거라는 말로 편지를 마무리했다.

그녀는 아름다운 문구가 새겨지고 불타오르는 느

낌의 두 개의 하트가 그려진 뚤라 방식 도장으로 편지들을 봉인한 후, 동이 틀 무렵에야 침대에 쓰러져 잠이 들었다.

하지만 얼마 안 되어 그녀는 무서운 꿈 때문에 수시로 잠이 깼다. 결혼식에 가기 위해 썰매에 올라탄 순간, 아버지가 자신을 가로막고 엄청나게 빠른 속도로 눈길 위로 질질 끌고 가서는 어둡고 바닥이 보이지 않을 정도로 깊은 지하실에 처넣었고, 그러자 정신이 가물가물해지며 바닥으로 곤두박질치는 자신의 모습을 꿈에서 보았다. 피투성이가 된 채 창백한 얼굴로 풀밭에 누워 있는 블라지미르의 모습도 보였다. 죽어가는 그는 찢어질 듯한 목소리로 어서 자기와 결혼해 달라고 애원했다… 이 밖에도 추악하고 무의미한 환영들이 꼬리를 물고 눈앞에 쏟아졌다.

결국 그녀는 자리에서 일어났는데, 얼굴은 평소보다 더 창백했고 핑계가 아닌 진짜 두통이 찾아왔다. 그녀의 불안을 눈치챈 아버지와 어머니는 부드럽게 그녀를 다독이며 한편으로 집요하게 물었다. 그들이 '마샤, 무슨 일이니? 어디 아픈 거니?'라고 물어볼 때마다 그녀는 가슴이 찢어질 듯했다. 그녀는 부모님을 안심시켜 드리려고 명랑한 척하려 애썼지만 잘 될 리가 없었다.

저녁이 되었다. 오늘이 가족과 함께 보내는 마지막 날이라고 생각하니 가슴이 미어지는 것 같았다. 그녀는 거의 죽은 사람이나 마찬가지인 상태가 되었다. 그녀는 마음속으로 가족 모두와 자신을 둘러싼 모든 것에게 작별을 고했다.

저녁 식사가 나왔다. 그녀의 가슴이 심하게 요동치기 시작했다. 떨리는 목소리로 저녁 생각이 없다고 말한 후 아버지와 어머니에게는 들어가 주무시라는 말을 했다. 그들은 그녀에게 키스를 한 후 평소처럼 축복의 말을 해 주었다. 자기 방으로 돌아온 그녀는 의자에 몸을 던지고는 눈물을 쏟았다. 하녀는 그녀에게 진정하고 기운을 차리라고 애원했다. 모든 것이 준비되었다. 이제 30분이 지나면 부모님의 집과 자신의 방 그리고 평온했던 처녀 시절과 영원히 작별해야 했다… 밖에서는 눈보라가 휘몰아치고 있었다. 바람이 울부짖는 가운데 덧창들이 덜커덩거리며 흔들리는 소리가 들려왔다. 그녀에겐 이 모든 것이 자신을 위협하는 듯했고 슬픈 징조로도 느껴졌다.

곧 집안이 조용해졌고 모두가 잠이 들었다. 마샤는

숄을 휘감고 따뜻한 덧옷을 입은 후 손에는 보석함을 들고 뒤쪽 현관으로 갔다. 하녀는 보따리 두 개를 들고 그녀의 뒤를 따랐다. 두 사람은 정원으로 내려섰다. 눈보라가 수그러들지 않는 가운데 마치 젊은 죄인을 멈춰 세우려고 하듯이 바람이 마주쳐 불어왔다. 그들은 간신히 정원 끝까지 갔다. 길가에는 썰매가 대기하고 있었다. 몸이 언 말들은 제자리에 가만히 서 있지 못했다. 블라지미르가 보낸 마부는 어서 출발하려고 서두르는 말들을 제지하며 썰매채 앞에서 서성거리고 있었다. 마부는 아가씨와 하녀를 좌석에 앉히고 보따리와 보석함을 실은 후 고삐를 잡았다. 말들이 달리기 시작했다.

이제 아가씨는 운명의 보살핌과 마부 쩨레쉬까의 솜씨에 맡기기로 하고 우리는 사랑에 빠진 젊은이에게 눈을 돌려 보자.

블라지미르는 온종일 이곳저곳을 돌아다녔다. 아침에는 자드리노의 사제를 만나서 힘들게 승낙을 얻어냈다. 그다음에는 결혼식 증인이 되어 줄 사람을 구하러 인근의 지주들을 찾아다녔다. 맨 처음에 찾아간 사람은 퇴역한 마흔 살의 기병 소위 드라빈이었는데,

그는 흔쾌히 승낙해 줬다. 그는 이 모험이 자신의 기병대 복무 시절 있었던 장난들을 상기시킨다고 확신에 찬 듯 말했다. 그는 블라지미르에게 자기 집에서 간단히 식사라도 하고 가라고 권하며 나머지 두 증인을 구하기는 어렵지 않을 거라고 장담했다. 실제로 식사가 끝날 무렵, 콧수염을 기르고 박차가 달린 장화를 신은 토지 측량 기사 쉬미트와 경찰서장의 아들로 얼마 전에 창기병 연대에 입대한 열여섯 살쯤 되는 소년이 등장했다. 그들은 블라지미르의 제안을 받아들였을 뿐만 아니라 그를 위해서라면 목숨까지 바칠 준비가 되어 있다고 맹세했다. 감격한 블라지미르는 그들과 포옹했고 준비를 하기 위해 자신의 집으로 갔다.

날이 어두워진 지도 이미 오래되었다. 그는 믿을 만한 마부인 쩨레쉬까에게 상세하고도 세밀한 지시를 내린 후 말 세 마리가 끄는 썰매에 태워 네나라도보 마을로 보냈다. 그리고 자신을 위해서는 말 한 마리가 끄는 작은 썰매를 준비하라고 지시한 후, 두 시간쯤 뒤면 마리야 가브릴로브나가 오기로 되어 있는 자드리노 마을로 마부도 없이 혼자서 썰매를 달렸다. 20분 정도면 충분히 도착할 수 있는 익숙한 길이었다.

하지만 블라지미르가 마을 어귀를 벗어나 들판에 들어서기 무섭게 바람과 함께 심한 눈보라가 일어나 아무것도 보이지 않았다. 한순간에 길 위에는 눈이 수북이 쌓이고 탁하고 누런 안개 속에서 주변도 아득해지는 가운데 흰 눈이 뭉텅이로 날아다녔다. 하늘과 땅을 구분하기도 어려울 지경이었다. 들판 가운데서 겨우 제정신을 차린 블라지미르는 길 위로 들어서려고 애써 보았지만 헛수고였다. 말은 이리저리 걸음을 옮겼지만 연신 눈 더미 속을 헤집거나 구멍에 빠지기 일쑤였다. 블라지미르는 제대로 된 방향으로 가려고 애를 썼다. 하지만 벌써 30분 이상이 흘렀음에도 불구하고 아직 자드리노 숲에 도달하지 못한 것 같았다. 10분 정도가 더 흘렀지만 숲은 보이지 않았다. 썰매는 깊은 골짜기가 교차하는 들판으로 들어섰다. 눈보라는 수그러들지 않았고 하늘도 맑아지지 않았다. 말이 허덕거리는 가운데 블라지미르는 눈이 허리까지 차올라오는 상황에서 연신 비 오듯 땀을 흘렸다.

결국 그는 자신이 잘못된 방향으로 가고 있다는 것을 깨달았다. 썰매를 멈춘 후에 기억을 되짚으며 생각해 보니 오른쪽으로 가야겠다는 판단이 들어 그쪽으로 가기 시작했다. 말은 거의 걸음도 떼기 힘든 상태였다. 이미 한 시간 이상은 이동한 상황이었으므로 자드리노는 머지않아 나타나야 했다. 하지만 가고 또 가도 들판은 끝나지 않았다. 계속해서 눈 더미와 골짜기만 나타날 뿐이었다. 그는 썰매가 넘어질 때마다 계속해서 바로 세웠다. 시간이 흐르면서 그의 불안감은 더욱 높아졌다.

마침내 저쪽에서 무언가 거무스름한 것이 보이기 시작했다. 블라지미르는 그쪽으로 방향을 돌렸는데 다가가 보니 숲이 보였다. '다행이다, 이제 거의 다 왔구나.'라는 생각이 들었다. 그는 이제 곧 눈에 익은 길에 들어서거나, 그게 아니라면 숲을 빙 돌아서 가면 될 것이라고 기대하면서 계속 숲 근처까지 말을 몰았다. 숲 너머로 가면 자드리노가 금방 나타날 것 같았다. 경로를 찾은 듯한 느낌이 든 그는 겨울 추위로 헐벗은 나무들이 들어찬 어두컴컴한 숲속으로 말을 몰았다. 숲속은 바람이 사납게 휘몰아치지 않았고 길도 평탄했다. 말은 원기를 회복했고 블라지미르도 안심이 되었다.

하지만 계속해서 가고 또 가도 자드리노는 보이지 않았고 숲은 끝없이 이어졌다. 공포에 사로잡힌 블라지미르는 자신이 낯선 숲으로 들어왔음을 깨달았다. 그는 절망감 속에서 말을 후려쳤다. 불쌍한 말은 처음에는 발걸음을 빨리 옮기는가 싶었지만 이내 기력을 잃었고 15분 뒤에는 불행한 블라지미르가 아무리 애를 써 보아도 그저 느릿느릿 걸을 뿐이었다.

나무들이 점차 듬성듬성해질 때쯤 블라지미르는 숲에서 벗어날 수 있었다. 하지만 자드리노는 보이지 않았다. 분명히 자정쯤은 되었을 시간이었다. 눈물이 솟구치는 가운데 그는 무턱대고 앞쪽으로 말을 몰아 댔다. 날씨가 괜찮아지고 먹구름도 흩어지자 물결 모양의 흰색 양탄자처럼 쫙 펼쳐진 평원이 눈에 들어왔다. 아주 맑은 밤이었다. 네댓 채의 농가로 이루어진 조그만 마을이 가까운 곳에 있었다. 블라지미르는 그쪽으로 말을 몰았다. 첫 번째 농가 옆에 이른 후에 그는 썰매에서 뛰어내려 창문으로 다가가 두드리기 시작했다. 몇 분 후에 나무 덧창이 올라가고 어떤 노인이 백발의 턱수염을 내밀었다.

"무슨 일이오?"

"자드리노까지는 멀었소?"

"자드리노까지 멀었냐고요?"

"그래요, 그렇습니다! 멀었나요?"

"멀지는 않지요. 10베르스따 정도만 가면 됩니다."

그 말을 들은 블라지미르는 머리를 움켜쥐고 사형 선고를 받은 죄수처럼 그 자리에서 몸이 굳어졌다.

"그런데 어디서 오는 길이오?"

노인이 물었지만 블라지미르는 대답할 힘도 없었다.

"이봐요, 노인장. 자드리노까지 태워다 줄 말을 좀 구해 줄 수 있겠소?"

"우리 같은 사람들한테 말이 어디 있겠소."

농부가 대답했다.

"그럼 길 안내를 해 줄 사람이라도 구할 수는 있지 않겠소? 돈은 달라는 대로 주겠소."

"잠깐 기다려요. 내 아들을 보낼 테니 그 녀석의 안내를 받구려."

노인이 덧창을 내리며 말했다.

블라지미르는 기다렸다. 1분도 채 지나지 않아 그는 다시 덧창을 두드렸다. 덧창이 올라가고 턱수염이 나타났다.

"무슨 일이요?"

"대체 아드님은 어떻게 된 겁니까?"

"금방 나갈 거요. 지금 신발을 신고 있는 중이라오. 그런데 당신은 몸이 완전히 언 것 같군요. 들어와서 몸이라도 좀 녹이시구려."

"말씀은 고맙지만 어서 아드님이나 내보내 주시오."

끼익 소리와 함께 문이 열리며 몽둥이 하나를 든 청년이 나왔다. 그는 길을 가리키기도 하고 눈 더미 속에 묻힌 길을 찾아내기도 하면서 앞장서 걸어갔다.

"지금 몇 시나 됐소?"

블라지미르가 물었다.

"곧 동이 터 올 겁니다."

젊은 농사꾼 총각이 대답했다. 블라지미르는 더는 아무 말도 하지 않았다.

그들은 날이 이미 밝아 수탉이 올 무렵에야 자드리노에 도착했다. 교회의 문은 닫혀 있었다. 블라지미르는 안내해 준 청년에게 돈을 지불한 후 사제가 거처하는 곳으로 갔다. 그가 보냈던 말 세 마리짜리 썰매는 교회 마당에 없었다. 그를 기다리고 있던 소식은 무엇이었던가!

그렇다면 이제는 네나라도보의 선량한 지주 댁으로 돌아가 거기선 무슨 일이 있었는지 살펴보자.

거기선 아무 일도 없었다.

두 노인은 잠에서 깨어 거실로 나갔다. 가브릴라 가
브릴로비치는 타원형 실내모에 플란넬 재킷을 걸치
고 있었고 쁘라스꼬비야 뻬뜨로브나는 안에 솜을 두
른 실내복을 입고 있었다. 하녀가 차를 가져오자 가브
릴라 가브릴로비치는 그녀를 딸에게 보내 몸 상태는
어떠하며 잠은 잘 잤는지를 알아 오게 했다. 하녀는
돌아와서 아가씨는 잠을 거의 못 잤지만 몸 상태는
괜찮아졌으므로 이제 곧 거실로 나오실 거라고 알렸
다. 실제로 문이 열리더니 마리야 가브릴로브나가 엄
마와 아빠에게 아침 인사를 하려고 다가왔다.

"마샤, 머리는 좀 어떠니?"

가브릴라 가브릴로비치가 물었다.

"좀 나아졌어요, 아빠."

마샤가 대답했다.

"어제는 난로 연기 때문에 머리가 아팠던 게 틀림
없다."

쁘라스꼬비야 뻬뜨로브나가 말했다.

"그런 것 같아요, 엄마."

마샤가 대답했다.

그날 저녁까지는 별일 없이 지나갔지만 밤이 깊어
지자 마샤는 몸 상태가 나빠졌다. 의사를 불러오도록
읍내로 사람을 보냈다. 다음 날 저녁 무렵에 도착한
의사가 보니 환자는 헛소리를 할 정도로 상태가 심각
했다. 심한 열병에 걸린 것으로 진단된 불쌍한 환자는
2주 동안 사경을 헤맸다.

집 안의 누구도 두 사람의 도망 계획을 모르고 있
었다. 전날 밤에 그녀가 썼던 두 통의 편지는 불태워
졌고 하녀는 노부부가 역정을 낼 것이 두려워서 아무
말도 하지 않았다. 사제, 퇴직 기병 소위, 콧수염 기른
측량 기사, 소년 창기병은 각자의 이유가 있어서 말을
아꼈다. 마부 쩨레쉬까는 심지어 술 한 잔을 걸친 자
리라 할지라도 쓸데없는 말은 단 한 마디도 하지 않
았다. 열 명도 넘는 공모자들은 이런 식으로 비밀을
철저히 지켰다. 하지만 열병을 앓는 가운데 끝없이 헛
소리를 하던 마리야 가브릴로브나의 경우에는 무심
코 비밀이 입 밖으로 나오고 말았다. 하지만 그녀가
하는 말은 너무나 혼란스러웠기에 그녀의 머리맡을
떠나지 않고 있던 어머니는 딸이 블라지미르 니꼴라

예비치를 죽도록 사랑하여 병이 난 탓에 그런 말이 그저 입 밖으로 튀어나오는 것이라고 짐작할 뿐이었다. 그녀는 남편 및 몇몇 이웃과 상의한 끝에 마리야 가브릴로브나의 운명은 그렇게 정해진 게 틀림없다고 결론을 내렸다. '인연으로 묶여 있다면 피할 수 없는 것이다', '가난은 죄가 아니다', '사람과 사는 것이지 돈과 사는 것은 아니다' 등등의 말이 쏟아졌다. 우리의 행동을 정당화할 구실이 별로 없는 경우에는 이러한 도덕적인 속담들이 유용하게 작용하는 법이다.

그러는 사이 아가씨는 점차 건강을 회복해 갔다. 블라지미르는 오래전부터 가브릴라 가브릴로비치의 집에는 얼씬도 하지 않았다. 그 집에서 평소에 자신을 어떻게 대해 왔는지 기억했기에 겁을 먹은 탓이었다. 그래서 그에게 결혼 승낙이라는 뜻밖의 기쁜 소식을 알리려 사람을 보냈다. 하지만 그들의 초대에 대한 응답으로 지주 내외에게 보내져 온 것은 반쯤 정신이 나간 자의 편지였으니 그들의 놀라움이 얼마나 컸겠는가! 그는 '당신들 집에는 앞으로 얼씬도 하지 않겠다', '이 불행한 인간은 잊어 달라', '내게 남은 유일한 희망은 죽음뿐이다' 등의 말을 적어 보냈던 것이다.

며칠 후 그들은 그가 군에 입대했다는 소식을 듣게
되었다. 1812년에 있었던 일이다.

주인 부부는 회복기에 있던 딸에게 오랫동안 이 소
식을 전하려 들지 않았다. 그녀 역시 한 번도 블라지
미르의 이름을 입 밖에 꺼내지 않았다. 하지만 몇 달
이 지난 뒤 보로지노 전투[2])에서 뛰어난 공을 세우다
가 중상을 당한 사람들의 명단에서 그의 이름을 발견
하고는 정신을 잃었다. 식구들은 그녀의 열병이 재발
할까 봐 근심스러워졌다. 하지만 다행스럽게도 기절
의 후유증은 없었다.

마리야는 다른 슬픔을 겪었다. 가브릴라 가브릴로비
치가 모든 재산을 그녀에게 상속한 뒤에 세상을 떠난
것이다. 하지만 유산은 그녀에게 위안이 되지 못했다.
그녀는 불쌍한 쁘라스꼬비야 뻬뜨로브나와 진심으로
슬픔을 함께했으며 절대로 어머니와 헤어지지 않겠다
고 맹세했다. 그들은 슬픈 추억들이 남아 있는 네나라
도보 마을을 뒤로하고 ○○○ 마을의 영지로 떠났다.

---

2) 보로지노 전투: 1812년 7월 나폴레옹 군대의 러시아 침공 시에 모스
   크바에서 서쪽으로 120킬로미터 떨어진 보로지노에서 사생결단의
   방어전이 9월에 있었다.

거기서도 아름답고 부유한 신붓감 주위에는 신랑
감들이 모여들었다. 하지만 그녀는 그들이 일말의 희
망이라도 품게 만들 만한 어떠한 행동도 하지 않았다.
어머니는 가끔 그녀에게 남자 친구로 삼을 만한 사람
을 골라 보라고 설득했지만 그럴 때마다 그녀는 싫다
는 표시를 하며 생각에 잠기곤 했다. 블라지미르는 이
미 세상이 존재하지 않았다. 그는 프랑스군이 모스크
바까지 점령하기 전날 밤에 모스크바에서 숨을 거두
었기 때문이다. 그에 대한 추억은 마샤에게 신성한 것
인 듯싶었다. 최소한 그녀는 그를 생각나게 하는 모든
것, 즉 그가 한때 읽었던 책들, 그가 그렸던 그림들,
그가 그녀를 위해 베껴 두었던 악보나 시 구절들을
소중하게 간직하고 있었다. 이 모든 사실을 알게 된
이웃 사람들은 그녀의 변치 않는 성품에 놀랐지만, 한
편으로는 이 순결한 아르테미자[3]의 애절한 정절을
정복하게 될 영웅이 결국은 나타나게 될 것이라는 생

---

3) 아르테미자: 기원전 4세기에 할리카르니소스를 다스렸던 마우솔
로스 왕이 죽은 후 남겨진 부인. 남편이 죽은 뒤 슬픔에 잠긴 상태에
서도 재혼하지 않고 그를 추모하기 위해 기념비를 세웠기에 정절의
상징으로 여겨짐.

각으로 호기심에 차서 기다렸다.

그러는 사이 전쟁은 영광스럽게 끝이 났고 우리의 군대는 외국에서 돌아왔다. 사람들은 그들을 맞이하러 달려갔다. 악대는 '앙리 4세 만세',[4] '티롤 왈츠', '조콩드 중의 아리아'[5] 등 패배한 적군의 노래 구절들을 연주했다. 어린 소년의 몸으로 출정했던 사람들 중에는 전쟁터의 공기를 흠뻑 마셔 기분이 달아오른 채 십자 훈장까지 달고 장교가 되어 돌아온 사람들도 있었다. 병사들은 연신 독일어와 프랑스어 단어들을 섞어 가며 자기들끼리 깔깔거렸다. 잊지 못할 시절이여! 영광과 감격의 시절이여! 조국이란 말만 들으면 러시아인들의 심장은 얼마나 강하게 고동쳤던가! 재회의 눈물은 얼마나 달콤했던가! 우리는 얼마나 한마음이 되어 민족적 자긍심과 황제에 대한 사랑을 결합시켰던가! 그것은 황제께도 얼마나 멋진 순간으로 느껴졌을까!

승전한 군인들을 맞이하던 그때의 러시아 여인들

---

4) 1764년에 프랑스의 희곡 작가 샤를 콜레가 쓴 풍자 코미디 「앙리 4세를 잡으러 간다」에 나오는 노래 구절.

5) 프랑스 작가 니콜로 이수아르가 쓴 코믹 오페라 「조콩드 혹은 모험을 즐기는 사람」에 나오는 아리아. 러시아 군대가 프랑스로 진격해 들어간 1814년 파리에서 상연되어 성공을 거둠.

은 더할 나위 없을 정도였다. 평소에 보였던 차가움은 그녀들에게서 사라졌다. 그녀들이 '만세!'라고 외치며 승전 군인들을 향해 머릿수건을 하늘로 던져 올릴 때의 열광은 참으로 감탄을 자아내는 것이었다. 그때의 러시아 여인들의 모습을 본 장교들 중에서 이것이야말로 자기들에게 가장 훌륭하고도 소중한 포상이라는 점을 인정하지 않았을 장교가 있었겠는가…?

이 찬란한 시절에 마리야 가브릴로브나는 어머니와 함께 ○○○현에 살고 있었으므로 두 수도에서 군대의 귀환을 어떻게 축하하는지 볼 수가 없었다. 그러나 작은 군과 마을에서는 주민들의 열광이 오히려 더 컸을 수도 있다. 그런 곳에 장교가 등장한다는 것은 진짜로 경축할 만한 일이었으며, 연미복을 뽐내며 입은 자라도 그런 장교의 옆에 있으면 볼품이 없어 보였다.

우리는 앞에서 마리야 가브릴로브나가 냉정한 태도를 보였음에도 불구하고 여전히 예전처럼 구혼자들로 둘러싸여 있었다는 점을 말한 바 있다. 하지만 그녀가 만든 성벽 안에 부상을 입은 기병 대령 부르민이 나타나자 그들은 모두 물러나야 했다. 군복의 단추 구멍에 게오르기 훈장을 달고 있었던 그는 그곳 아가씨들의 표현을 빌자면 '흥미롭게도 창백한' 인상을 주는 사람이었다. 나이는 스물여섯 정도였는데, 마리야가 사는 시골 마을과 인접한 자신의 영지에서 부상으로 인한 휴가를 보내기 위해 와 있었다. 그에 대한 마리야의 태도는 다른 사람들을 대할 때와는 확연하게 달랐다. 평소에는 생각에만 잠겨 있던 그녀의 표정이 그와 함께 있을 때면 밝아지곤 했다. 그녀가 그에게 교태를 부렸다고는 말할 수 없다. 하지만 그녀의 이런 행동을 본 시인이라면 다음과 같이 말했을 것이다.

'이것이 사랑이 아니라면 도대체 무엇이란 말인가…?'6)

부르민은 실제로 상당히 매력적인 젊은이였다. 그는 여자들이 좋아하는 바로 그런 면모를 갖추고 있었다. 예의가 바르고 관찰력이 뛰어나며 한편으로는 까다롭게 구는 법도 없이 태평하게 풍자를 즐기는 편이었다. 마리야 가브릴로브나를 대하는 그의 태도는 소탈하고도 여유로웠다. 하지만 그녀가 무슨 말을 하거

---

6) 원작에는 페트라르카의 88번 소네트에서 가져온 이탈리아어 'Se amor non è che dunque…?'로 되어 있음.

나 행동을 하면 그의 마음과 시선은 곧장 그녀에게로 향했다. 그는 온화하고 겸손한 성품을 가진 듯 보였지만, 떠도는 말에 의하면 한때는 못 말리는 건달이었다고 했다. 그러나 마리야의 생각에 이 점은 전혀 문제가 되지 않았다. 젊은 여자들이 대체로 그러하듯 그녀 역시 한때 그가 저질렀을 경솔한 행동을 대담함과 열정의 표현이라고 여겨 기꺼이 용인했기 때문이다.

하지만 그의 다정한 태도와 편안하게 해 주는 말솜씨, 흥미로울 정도로 창백한 얼굴, 팔에 붕대를 감은 모습보다 더 강하게 그녀의 호기심과 상상력을 자극한 것은 그의 침묵이었다. 그녀는 그가 자신을 매우 마음에 들어 한다는 것을 확실하게 느끼고 있었다. 한편, 똑똑하고 경험도 풍부한 그 또한 자신에 대한 그녀의 태도가 각별하다는 것은 이미 눈치채고 있었다. '이 남자는 대체 어째서 아직까지 나의 발 앞에 무릎을 꿇고 사랑 고백을 하지 않는 걸까?', '무엇 때문에 주저하는 걸까?', '진실하게 사랑할 때 흔히 나타나는 수줍음일까, 아니면 자존심일까? 그것도 아니라면 교활한 바람둥이처럼 머리를 쓰는 걸까?' 이러한 의문점들은 그녀가 풀 수 없는 수수께끼였다. 그녀는 한참 생각한 뒤 유일한 원인은 수줍음일 것이라고 결론을 내렸기에 전보다 더 많은 관심을 쏟고 상황에 따라서는 더 다정한 태도를 보이는 방식으로 그를 격려해야겠다고 결심했다. 그녀는 그가 전혀 예상치 못할 대단원을 어떻게 장식할지 마음먹은 후에 낭만적인 고백의 순간을 초조히 기다렸다. 이렇듯 비밀이란 어떠한 종류의 것이든 여성의 가슴에 부담을 주는 법이다. 어쨌든 그녀의 전략은 바라던 바를 이루었다. 부르민이 깊은 상념에 빠져 불타는 듯한 검은 두 눈으로 마리야 가브릴로브나를 뚫어져라 바라보게 되었으므로 결정적인 순간은 이미 가까이 온 듯싶었다. 이웃 사람들은 마치 이미 결혼이 결정된 일인 것처럼 이야기를 주고받았으며, 선량한 쁘라스꼬비야 뻬뜨로브나는 자기 딸이 마침내 괜찮은 남편감을 찾았다는 생각에 기뻐했다.

하루는 노부인이 거실에 앉아 혼자서 카드게임을 하고 있었는데, 부르민이 들어와 마리야 가브릴로브나를 찾았다.

"그 애는 정원에 있으니 나가 보게. 나는 여기서 기다리고 있겠네."

노부인이 대답했다. 부르민은 밖으로 나갔고 그녀는 성호를 그으며 '오늘은 드디어 일이 성사되려나 보구나!' 하고 생각했다.

부르민은 연못가의 버드나무 아래 있는 마리야 가브릴로브나를 발견했다. 흰 드레스를 입고 손에 책을 들고 있는 모습은 마치 소설 속 여주인공 같았다. 마리야 가브릴로브나는 그와 몇 마디를 주고받은 후 일부러 대화를 중단했는데, 이를 통해 그가 느낄 수 있는 당혹감을 의도적으로 높였다. 그 상황에서 벗어나려면 갑작스럽고도 결정적인 사랑 고백 이외에 무엇이 있었겠는가.

그리고 실제로 그렇게 되었다. 자신이 곤란해졌음을 느낀 부르민은 오래전부터 자신의 마음을 열어 보일 기회를 찾아왔다고 말하면서 잠시만 자기 말에 귀를 기울여 달라고 청했다. 마리야 가브릴로브나는 책을 덮고 동의의 표시로 눈을 내리깔았다.

"나는 당신을 사랑합니다."

부르민이 말했다.

"당신을 간절하게 사랑합니다…"

마리야 가브릴로브나는 얼굴을 붉히고는 고개를

더 아래로 숙였다.

부르민은 고백을 이어갔다.

"나는 날마다 당신을 보고 당신의 목소리를 듣는 달콤한 습관에 빠져서 조심성 없이 행동했습니다."

이 말을 듣는 마리야 가브릴로브나의 머릿속에는 생프뢰의 첫 번째 편지[7]가 떠올랐다.

"운명을 거역하기에는 이제 너무 늦었습니다. 당신에 대한 추억과 비할 데 없이 사랑스러운 당신의 모습은 앞으로 내 인생의 고통이자 기쁨이 될 것입니다. 하지만 내겐 아직 이행해야 할 무거운 의무 하나가 남아 있습니다. 당신에게 무서운 비밀을 고백해야 하는데 그렇게 하면 우리 사이엔 넘을 수 없는 벽이 생길 겁니다…."

"그런 벽이라면 계속 있어 왔어요."

마리야 가브릴로브나가 재빨리 그의 말을 가로막았다.

"나는 절대로 당신의 아내가 될 수 없는 처지였으

---

7) 장자크 루소가 1761년에 서간체 형식으로 쓴 작품 「줄리, 또는 새로운 엘로이즈」에 나오는 첫 번째 편지. 생프뢰는 이 작품 속에서 줄리의 연인으로 등장하는 남자임.

니까요…."

"네, 알고 있습니다."

그가 조용히 대답했다.

"당신이 예전에 누군가를 사랑했는데 그 사람이 죽은 후 3년이나 비통한 심정이었다는 걸…. 하지만 착하고 다정한 마리야 가브릴로브나, 나의 마지막 위안거리까지 빼앗으려 하지는 말아 주세요! 만일 상황이 달랐더라면 당신은 내게 행복을 줄 수도 있었을 거란 그 생각 말입니다…. 아무 말도 하지 마세요, 제발. 아무 말도 하지 말아 줘요. 내 마음이 너무 괴롭습니다. 네, 나는 당신이 나의 아내가 될 수도 있었다는 걸 알고 있고 지금도 그런 느낌이 듭니다. 하지만 나는, 이 불행한… 나란 인간은 결혼을 한 몸입니다!"

마리야 가브릴로브나는 놀란 표정으로 그를 바라보았다.

"나는 결혼을 했습니다."

부르민은 말을 이어갔다.

"하지만 벌써 4년 전에 결혼했음에도 불구하고 아내가 누구인지, 지금 어디 있는지, 그리고 내가 언젠가 그녀와 재회할 수 있을지 없을지도 모릅니다!"

"그게 도대체 무슨 말이에요?"

마리야 가브릴로브나가 소리를 질렀다.

"어떻게 그런 일이 있을 수가 있나요! 계속 얘기해 주세요. 나는 나중에 말씀드릴게요…. 제발 계속해 주세요."

"1812년 초에 나는 우리 연대의 주둔지인 빌나로 서둘러 가고 있었습니다."

부르민이 말했다.

"하루는 저녁 늦게 역참에 도착한 후에 속히 새 말을 준비하라고 일렀는데 그때 갑자기 무서운 눈보라가 치기 시작했습니다. 역참지기와 마부들은 조금 기다렸다 가라고 내게 권고했죠. 나는 그 권고를 따르고 있었는데, 갑자기 알 수 없는 불안감이 나를 사로잡았습니다. 마치 누군가가 나를 떠미는 것 같은 느낌이었죠. 눈보라가 가라앉지는 않았지만 나는 더 이상 참을 수가 없어서 다시 말을 매라고 지시한 후에 눈보라 속으로 뛰어들었습니다. 마부는 강을 따라 갈 생각을 했는데 그렇게 하면 가야 할 거리를 3베르스따 정도 단축할 수 있었으니까요. 강변에는 눈이 많이 쌓여 있었는데, 마부는 도로로 나갈 수 있는 지점을 그만 지나쳐 버리고 말았습니다. 그렇게 된 후에 정신을 차려 보니 낯선 곳에 와 있더군요. 바람이 여전히 세차게 불고 있었기에 나는 작은 불빛이 보이는 곳으로 가라고 일렀습니다. 그렇게 해서 어떤 마을에 도착하게 되었는데, 그곳의 목조 교회에서는 불빛이 흘러나오고 있었습니다. 교회의 문은 열려 있었고 울타리 너머에 썰매 몇 대가 있었습니다. 교회로 진입하는 입구 어귀에는 사람들이 서성이고 있었습니다. 몇 사람이 '이쪽이요, 이쪽!' 하고 외치더군요. 나는 마부에게 가까이 가라고 일렀습니다. 누군가가 내게 이렇게 말하더군요. '아이고, 어디서 꾸물거리다 이제 오는 거요? 신부가 될 사람은 기절했고 사제께서는 어떻게 해야 할지 모르고 있소. 우리도 막 돌아갈 참이었다오. 어서 내려요.' 나는 아무 말 하지 않고 썰매에서 뛰어내린 후 두세 자루의 촛불이 희미하게 밝혀진 교회 안으로 들어갔습니다. 한쪽의 어두운 구석에는 어떤 아가씨가 긴 의자 위에 앉아 있었고, 다른 한 여자는 그녀의 관자놀이를 문지르고 있었습니다. 그 여자가 말하더군요. '정말 다행이네요. 간신히 많이 늦지 않게 오셨어요. 하마터면 아가씨를 지쳐 죽게 만들 뻔하셨어요.'

나이 든 사제가 내게 다가와서 물었습니다.

'그럼 시작해도 되겠소?'

나는 별생각 없이 대답했습니다.

'시작하세요. 사제님, 어서 시작하세요.'

사람들이 그 아가씨를 일으켜 세웠습니다. 그녀는 상당히 아름다워 보였습니다…. 나 자신도 이해되지 않고 용서받을 수도 없는 경솔한 마음으로… 나는 제단 앞으로 가서 그 아가씨 곁에 섰습니다. 사제는 서두르고 있었고 세 명의 남자와 하녀는 그녀가 쓰러지지 않도록 부축하느라 정신이 없었습니다. 그렇게 우린 결혼식을 올렸던 겁니다. '키스하세요.'라는 말이 우리에게 들리자, 나의 아내로서 서 있던 그 아가씨는 내 쪽으로 창백한 얼굴을 돌렸습니다. 내가 키스하려는 순간 그녀가 비명을 질렀습니다. '아아, 이분은 그 사람이 아니에요! 그 사람이 아니라고요!' 그리고 그 아가씨는 정신을 잃었습니다. 증인들은 깜짝 놀란 눈으로 나를 뚫어지게 쳐다보았습니다. 나는 몸을 돌린 후 아무런 제지도 당하지 않은 채 교회를 나와 썰매에 올라타고는 마부에게 출발하라고 외쳤습니다."

"맙소사!"

마리야 가브릴로브나가 소리쳤다.

"그럼 당신은 당신의 부인이 될 그 불쌍한 여인이 어떻게 되었는지도 모른다는 말이에요?"

"모릅니다."

부르민이 대답했다.

"내가 결혼식을 올린 그 마을 이름도 모르고 어떤 역참에서 출발했는지도 기억나지 않습니다. 그때는 내가 했던 못된 장난이 별것 아니라고 생각했기에 교회에서 출발한 후 잠이 들었고, 다음 날 아침 세 번째 역참에서 잠이 깼습니다. 그때 나와 함께 그 일을 지켜본 하인은 전쟁터에서 죽었습니다. 때문에 나에 의해 그토록 잔인하게 희롱당한 결과로 지금도 고통스러워할 그 여인을 찾아낼 희망조차 없는 겁니다."

"오, 하나님, 하나님!"

마리야 가브릴로브나는 그의 손을 움켜쥐며 말했다.

"그럼 그때 그 사람이 당신이었군요! 그런데도 날 못 알아보겠어요?"

부르민의 얼굴이 창백해졌다···. 그는 곧바로 그녀의 발 앞에 몸을 던졌다.

장의사

우리는 매일 관을 보는 것이 아닐까,

이 늙어가는 우주의 백발을?[1]

- 제르좌빈

장의사 아드리안 쁘로호로프의 가재도구들이 장의
차에 실리자, 그가 지금 살고 있는 비스만느이 거리에
서 식구들을 모두 데리고 이사하려는 니낏스끼이 거
리를 향해 비쩍 마른 두 필의 말이 네 번째의 발걸음
을 천천히 옮기기 시작했다. 가게의 문을 잠근 장의사
는 문짝에 '매매 혹은 임대도 가능'이라고 써 붙인 후
새집을 향해 걸음을 옮겼다. 늙은 장의사는 오랫동안
그의 상상력을 자극하여 마침내 상당한 금액을 주고

---

1) 러시아 시인 제브좌빈이 1794년에 쓴 송시 「폭포(Водопад)」에서
   가져와 에피그라프로 사용한 구절임.

산 누런색 건물에 다가가면서 자신이 기뻐하지 않고 있다는 사실에 스스로 놀랐다. 낯선 문지방을 넘어간 그는 새 거처가 잔뜩 어질러져 있음을 보고는 18년 동안 모든 것이 아주 엄격한 질서 속에 유지되었던 예전의 낡은 오두막이 생각나 한숨을 쉬었다. 그는 두 딸과 하녀에게 꾸물댄다고 잔소리를 퍼부으며 몸소 그들의 일을 도왔다. 그러자 곧 질서가 바로잡혔다. 성상을 담아둔 함, 식기를 담아둔 찬장, 탁자, 소파, 침대는 각각 뒷방의 알맞은 자리에 놓였다. 부엌과 거실에는 그가 만든 제품인 여러 가지 색과 크기의 관들 그리고 장례식용 모자, 망토, 횃불대 등이 들어 있는 장들이 자리를 잡았다. 새집의 대문에는 횃불을 거꾸로 든 통통한 큐피드의 모습과 함께 '일반 관 혹은 채색된 관의 판매와 제작 가능. 관 임대 가능. 낡은 관 수선도 가능'이라는 문구가 새겨진 간판을 걸었다. 딸들이 자기 방으로 돌아가자 아드리안은 집을 둘러본 후 창가에 앉아 차를 준비하라고 일렀다.

교양 있는 독자라면 셰익스피어와 월터 스콧 두 사람이 무덤 파는 인부를 명랑하고 장난스러운 인물로 묘사한 것[2]은, 이러한 대비를 통해 우리의 상상을 더 강하게 자극하기 위함이라는 사실을 알고 있다. 하지만 진실을 존중하는 우리로서는 그러한 예를 따를 수 없으며 우리나라 장의사의 성품은 그 음침한 작업과 완전히 일치한다는 점을 인정할 수밖에 없다.

아드리안 쁘로호로프는 대체로 음울하고 말수가 적은 사람이었다. 그가 입을 여는 경우는 딸들이 창문 너머로 행인들을 멀거니 바라보는 모습을 보고 그들을 꾸짖을 때 또는 불행한 일(간혹 다행스러운 일)을 당해서 그의 작품들이 필요하게 된 사람들에게 값을 왕창 높여 부를 때뿐이었다. 그랬기에 아드리안은 이날도 창가에 앉아 일곱 잔째 차를 마시며 평소처럼 슬픈 상념에 잠겼다. 그는 퇴역한 여단장의 장례 행렬이 일주일 전 관문 바로 옆을 지날 때 폭우를 만났던 상황을 되짚어 보고 있었다. 그 비 때문에 여러 벌의 망토 크기가 줄어들었고 모자도 여러 개가 찌그러졌다. 오래전부터 사용해 오던 장례 의상들이 이처럼 초라한 상태가 되었으므로 불가피한 지출을 예상할 수밖

---

2) 여기서 뿌쉬낀은 장의사들에 대해 셰익스피어가 「햄릿」에서, 그리고 월터 스콧이 「라메무어의 신부(新婦)」에서 묘사한 모습을 말하고 있음.

에 없는 상황이었다. 그는 벌써 1년 전부터 죽음의 문턱을 넘나들고 있는 늙은 장사꾼 마누라 뜨류히나의 죽음을 통해 손해를 벌충할 수 있기를 기대했다. 하지만 뜨류히나는 라즈굴랴이 거리에서 죽어가고 있었으므로 장의사는 그녀의 상속인들이 약속을 했음에도 불구하고 멀리에 있는 자신을 부르기가 귀찮아서 가까이 있는 업자와 거래하면 어쩌지 하는 생각에 걱정이 되었다.

이런 상념은 뜻밖에도 프리메이슨[3] 방식으로 두드리는 세 번의 노크 소리에 의해 중단되었다.

"누구시오?"

장의사가 물었다. 문이 열리자 한눈에 봐도 독일인 수공업자 같은 사람이 안으로 들어왔다. 그가 명랑한 표정으로 장의사에게 다가왔다.

"죄송합니다요, 이웃 어르신."

그는 러시아어이긴 했지만 웃지 않고는 들어줄 수 없는 사투리로 얘기를 시작했다.

---

3) 프리메이슨은 18세기 영국에서 시작하여 차츰 유럽 대륙 전체와 미주 지역으로도 확산된 모임으로서, 원래는 석공(石工)들의 단체였지만 점차 다른 직종으로도 확산되었음.

"방해해서 죄송합니다만… 빨리 찾아와서 인사를 드리고 싶었네요. 저는 제화공이고 이름은 고틀리프 슐츠라고 합니다. 영감님 댁 창문에서 마주 보이는 길 건너의 저 집에 살고 있습죠. 내일이 저의 은혼식이라서 영감님과 따님들을 초대해서 간단하게 식사라도 함께할까 해서요."

장의사는 초대를 기꺼이 받아들였다. 그는 제화공에게 잠깐 앉아서 차라도 한 잔 들고 가라고 권했고, 고틀리프 슐츠의 진솔한 성격 덕분에 그들은 곧 친밀한 태도로 대화를 나누게 되었다.

아드리안이 물었다.

"그런데 장사는 잘 되시오?"

"에-헤헤, 그저 그렇습니다요."

슐츠가 대답했다.

"뭐, 먹고 사는 데 크게 불편은 없습죠. 물론 제 장사는 영감님 장사와는 다르긴 합니다요. 산 사람은 장화를 신지 않아도 걸어 다닐 수 있지만, 죽은 사람은 관 없이는 지낼 수 없잖습니까."

"바로 그겁니다."

아드리안이 맞징구를 친 후 말했다.

"하지만 말이요, 산 사람이 장화를 살 돈이 없어서 맨발로 다닌다고 해서 그 모습에 화를 낼 이유는 없겠지만, 거지가 죽으면 그자한테는 관이 공짜로 주어진다오."

이런 식으로 잠시 동안 대화가 지속되었다. 마침내 제화공이 일어나서 다시 한번 초대의 말을 한 후 장의사에게 작별을 고했다.

다음 날 정각 12시에 장의사와 그의 딸들은 새로 산 집의 쪽문을 나와 이웃 사람의 집으로 향했다. 여기서는 현재의 낭만주의 작가들이 하는 바와는 달리 아드리안 쁘로호로프의 러시아식 까프딴이니, 아꿀리나와 다리야의 유럽식 의상 등에 대한 묘사는 하지 않겠다. 하지만 두 처녀가 명절 때만 볼 수 있는 노란 모자를 쓰고 빨간 장화를 신고 있었다는 사실을 언급하는 것은 지나친 일이 아닐 것이다.

제화공의 작은 아파트는 손님들로 가득 차 있었는데, 그 대부분은 독일인 수공업자들과 그들이 데리고 온 아내와 견습공들이었다. 러시아 관리로는 핀란드인 경찰관 유르꼬 한 명뿐이었는데, 그는 그저 그런 직위에도 불구하고 그날 집주인으로부터 각별한 대

접을 받고 있었다. 유르꼬도 뽀고렐스끼의 우편배달
부4)처럼 25년 동안 자신의 직책에서 믿음과 정의로
근무했다. 1812년에 발생한 화재는 러시아 제국의 첫
수도를 완전히 폐허로 만들었고 그의 노란색 초소 또
한 망가뜨려 버렸다. 하지만 적들이 패해 도망가자 그
자리에는 도리아식 흰색 기둥으로 받쳐진 회색 초소
가 세워졌고, 유르꼬는 다시 나사 천으로 만든 제복을
입고 작은 도끼를 손에 든 채 그 주변을 어슬렁거리
기 시작했다. 그는 니낏스끼 관문 근처에 사는 대부분
의 독일인과 알고 지냈는데, 그들 중 어떤 자들은 심
지어 그의 집에서 일요일 밤부터 월요일 오전까지 지
내기도 했다. 아드리안은 유르꼬가 조만간 자신에게
필요한 인물이 될 것이라는 점을 파악하고는 즉시 그
와 첫인사를 나누었고 손님들이 식탁에 앉을 때는 그
의 옆자리에 앉았다. 슐츠 부부와 열일곱 살 먹은 그
들의 딸 로트헨은 손님들과 식사를 함께하면서 시중
도 들고 요리사의 일을 돕기도 했다. 맥주가 흘러넘쳤

---

4) 안또니 뽀고렐스끼의 1825년 소설 「라페르트의 양귀비 만두」에 나
오는 인물.

다. 유르꼬는 4인분을 먹었고 아드리안도 그에 못지 않았다. 아드리안의 딸들은 체면을 지키며 식사했다. 독일어로 나누는 대화들은 시간이 갈수록 점점 더 시끄러워졌다. 그러던 중 갑자기 주인이 손님들에게 주목해 달라고 부탁하더니 송진으로 밀봉한 병마개를 따면서 러시아어로 소리 높여 외쳤다.

"나의 착한 아내 루이자의 건강을 위하여!"

뭔가 샴페인 비슷한 액체가 거품을 내기 시작했다. 주인은 마흔 살 된 자기 아내의 생기 있는 뺨에 부드럽게 키스를 했고, 손님들은 착한 루이자를 위해 시끌벅적하게 건배를 했다. 주인은 두 번째 병을 따며 외쳤다.

"친애하는 손님들의 건강을 위하여!"

손님들은 다시 잔을 비우며 그에게 감사의 말을 전했다. 이렇게 하여 여러 가지 건배가 하나둘씩 줄줄이 이어졌다. 모든 손님의 건강을 위해 마셨고 또한 모스크바와 열 개가 넘는 독일 도시의 건강을 축원하면서도 마셨다. 모든 조합의 발전을 위해 마셨고 각 조합을 하나씩 칭하며 마시기도 했다. 모든 장인과 견습공의 건강을 위해서도 마셨다. 아드리안은 열정적으로

마셔 댔고 급기야 자진해서 웃기는 건배를 제안할 정
도로 흥이 올랐다. 갑자기 손님들 중 어느 뚱뚱한 제
빵공이 잔을 높이 들고 외쳤다.

"우리에게 일감을 주는 분들, 우리 고객들5)의 건강
을 위하여!"

이 건배 역시 다른 모든 건배와 마찬가지로, 만장일
치로 혼쾌히 받아들여졌다. 손님들은 각자 서로에게
인사를 하기 시작했다. 재봉사는 제화공에게, 제화공
은 재봉사에게, 제빵공은 그 두 사람에게, 손님 모두
가 제빵공에게, 이런 식으로 인사가 이어졌다. 이렇게
서로 인사를 주고받는 사이에 유르꼬는 옆에 있던 아
드리안에게 고개를 돌리며 외쳤다.

"이보게 뭐 하나? 망자들을 위해서도 한잔해야지!"

모두가 깔깔 웃었지만 장의사는 모욕을 당했다는
생각이 들어 인상을 찌푸렸다. 하지만 아무도 그것을
눈치채지 못했고 손님들은 계속해서 마셔 댔다. 손님
들이 자리에서 일어섰을 때는 이미 저녁 예배를 알리
는 종소리가 울릴 무렵이었다.

---

5) 원문은 독일어 'unserer Kundleute'로 되어 있음.

손님들은 대부분 거나하게 취한 상태에서 늦은 시간에 흩어졌다. 뚱뚱한 제빵공과 붉은 염소 가죽으로 만든 책 표지와 비슷하게 생긴 제본공이 유르꼬를 부축하여 그의 초소로 데려다주었다. '베풀면 돌아오는 법!'이라는 러시아 속담을 실천하는 행동이었다.

술에 취한 장의사는 화가 나서 집으로 돌아왔다.

"대체 왜들 그러는 거지? 내가 하는 일이 다른 자들의 일보다 떳떳하지 않다는 건가?"

그는 혼잣말로 중얼거렸다.

"아니, 장의사가 뭐 사람 죽이는 망나니라도 된다는 거야? 그리고 이교도 놈들은 뭘 꼬투리 잡아 비웃는 거지? 장의사를 크리스마스 어릿광대로 보는 건가? 이 자들을 내 집들이에 불러서 실컷 먹여 주려 했는데, 이젠 어림없어! 대신 내게 일감을 주었던 죽은 정교(正敎) 신자들을 불러야겠다."

"뭐라고요, 어르신?"

마침 그의 장화를 벗겨 주고 있던 하녀가 말했다.

"무슨 그런 말을 하세요? 성호를 그으세요! 집들이에 죽은 사람을 부르다니요! 아이고 끔찍해라!"

"꼭 부를 것이다."

아드리안이 계속 말했다.

"그것도 내일 당장 부를 것이다. 내게 은혜를 베푸신 분들이여, 부탁이오니 내일 저녁 내 집 잔치에 와서 실컷 즐기시오. 정성껏 대접하리다."

이 말과 함께 장의사는 침대에 쓰러져 코를 골기 시작했다.

사람들이 그를 깨웠을 때 밖은 아직 깜깜했다. 장사꾼의 늙은 마누라 뜨류히나가 바로 그날 밤에 세상을 떠났는데, 그 집의 집사가 보낸 심부름꾼이 그 소식을 가지고 아드리안 집으로 말을 달려 왔던 것이다. 아드리안은 그에게 술 한잔하라고 10꼬뻬이까를 쥐여 준 후 서둘러 옷을 입었다. 그는 마차를 잡아타고 라즈굴랴이 거리로 향했다. 고인의 집 문 앞에는 벌써 경찰이 와 있었고 상인들은 마치 시체 냄새를 맡은 까마귀들처럼 서성거리고 있었다. 망자는 마치 밀랍이 발라진 듯 누런 얼굴로 탁자 위에 누워 있었지만 아직 부패가 진행된 상태는 아니었다. 그녀의 주변에는 친척들과 이웃들과 하인들이 붐비고 있었다. 창문은 전부 열려 있었고 촛불은 타고 있었으며 사제들은 기도문을 읽고 있었다.

아드리안은 망자의 조카이자 상속인인 젊은 상인에게 다가갔는데, 그는 유행하는 프록코트를 입고 있었다. 아드리안은 그에게 관, 양초, 관포 및 기타 장례용품들을 세심하게 갖추어 즉시 준비하겠다고 말했다. 그는 심드렁한 표정으로 고맙다고 대답한 뒤, 값을 흥정하지는 않겠지만 그래도 모든 것을 양심껏 처리해 달라고 당부했다. 장의사는 평소의 습관대로 웃돈은 절대 안 받겠다고 맹세한 뒤 그 집의 집사와 의미 있는 눈길을 주고받은 후 장례 준비를 하러 나갔다.

그는 하루 종일 라즈굴랴이 거리와 니낏스끼 관문 사이를 왔다 갔다 했다. 저녁때쯤 모든 일이 마무리되자 그는 마차를 돌려보낸 후 걸어서 자기 집으로 향했다. 달빛이 영롱한 밤이었다. 그는 별문제 없이 니낏스끼 관문까지 도달했다. 예수 승천 교회 앞에서 그와 안면이 있는 유르꼬가 '거기 누구요?'라고 소리치더니 그를 알아보고는 잘 자라는 인사말을 건넸다. 벌써 꽤 늦은 시간이었다. 그런데 그가 자기 집 앞에 거의 이르렀을 때 갑자기 누군가가 집 대문으로 다가가더니 쪽문을 열고 안으로 사라지는 것처럼 보였다.

'이게 무슨 일일까?'

아드리안은 의아한 생각이 들었다.

'나를 찾는 사람이 또 있는 건가? 아니면 혹시 도둑이 든 걸까? 그것도 아니라면 멍청한 내 딸년들한테 애인이라도 생긴 건가? 하지만 그럴 리는 없잖아!'

장의사가 소리를 질러 친구 유르꼬에게 도움을 청하려던 순간, 다른 누군가가 쪽문으로 다가와 집 안으로 들어가려 했다. 하지만 그 순간 그는 그쪽으로 뛰어오는 주인을 보고는 멈춰 서서 삼각 모자를 벗었다. 아드리안은 그 사람의 얼굴이 낯익어 보였지만 서두르던 상황이라 자세히 살펴볼 겨를은 없었다.

아드리안은 숨을 헐떡이며 말했다.

"내게 볼 일이 있으시오? 그럼 어서 들어가시지요."

"이봐, 괜한 격식 차리지 말게."

그 손님이 둔한 목소리로 말했다.

"자네가 먼저 들어가게. 손님한테는 주인이 길을 안내해야 하는 거잖나!"

아드리안은 그런 말을 듣지 않았더라도 격식을 차릴 여유는 없었다. 쪽문이 열려 있었기에 그는 계단으로 올라갔고 손님은 그의 뒤를 따랐다. 아드리안은 자기 집의 방마다 사람들이 오가는 것이 느껴졌다.

'이게 대체 무슨 황당한 일이란 말인가!'

이런 생각을 하며 서둘러 안으로 들어가니… 다리가 휘청거릴 만한 모습이 보였다. 방 안은 망자들로 가득 차 있었다. 창문을 통해 들어오는 달빛이 그들의 누렇고 퍼런 얼굴, 푹 꺼진 입, 광택이라곤 느껴지지 않는 반쯤 감은 눈, 불룩 튀어나온 코를 비추고 있었다…. 아드리안은 그들이 자기가 정성스럽게 묻어 준 사람들이며 함께 올라온 손님은 폭우가 쏟아지던 날 묻어준 여단장이라는 사실을 깨닫고는 경악했다. 남자든 여자든 그들은 모두 장의사를 둘러싸고 허리를 굽히고 인사도 했다. 하지만 딱 한 사람, 얼마 전에 공짜로 묻어 준 거지만이 자신의 누더기 같은 옷이 부끄러웠던지 가까이 다가오려 하지 않고 한쪽 구석에 말없이 서 있었다. 다른 사람들은 모두 품위 있는 옷차림을 하고 있었다. 여자들은 부인용 두건에 리본까지 달고 있었고, 관리들은 면도는 못 했더라도 제복은 입고 있었으며, 상인들은 까프딴6)을 입고 있

---

6) 까프딴(кафтан): 명절이나 축제일에 즐겨 입던 비교적 화려한 전통 복장으로, 소매 부분은 펑퍼짐하게 만들고 다리 부분은 무릎 혹은 발에 닿도록 늘어뜨린 원피스 행태의 복장임.

었다.

여단장이 명예로운 손님 모두를 대표해서 말했다.

"이보게 쁘로호로프, 잘 보이지? 우리 모두 자네의 초대를 받고 무덤에서 올라왔다네. 올 힘이 없는 자들, 몸이 허물어진 자들, 살은 없어지고 뼈만 남은 자들은 무덤에 남았다네. 그래도 참지 못하고 자네 집에 꼭 오고 싶어 했던 자가 한 명 있더군….."

이때 조그만 유골이 사람들 사이를 헤치며 아드리안에게 다가왔다. 그의 두개골이 장의사에게 상냥하게 미소를 지었다. 산산이 찢어져 흩어지기 일보 직전인 연녹색과 붉은색의 옷 그리고 나머지 낡아빠진 천 조각들이 마치 막대기에 걸려 있듯 유골의 뼈다귀 여기저기에 간신히 붙어 있었다. 다리뼈는 절구통속의 절굿공이처럼 커다란 군인 장화 속에서 덜그럭거렸다.

"쁘로호로프, 날 몰라보겠나?"

유골이 말했다.

"퇴역 근위 중사 뾰뜨르 뻬뜨로비치 꾸릴낀을 기억하지 못 하겠냐고? 자네가 만든 첫 번째 관을 1799년에 나한테 팔았지. 그때 소나무 관을 참나무 관이라고 속여서 팔았다는 것도 기억날 텐데?"

망자는 이 말과 함께 뼈만 앙상한 팔을 벌려 아드리안을 끌어안으려 했다. 아드리안은 비명을 지르며 있는 힘을 다해 그를 밀쳤다. 뾰뜨르 뻬뜨로비치는 비틀거리다가 자빠지더니 몸 전체가 산산조각이 났다. 격분한 망자들 사이에서 불평하는 소리가 터져 나왔다. 모두가 자기 동료의 명예를 위해 아드리안에게 욕설과 협박을 퍼부으며 달려들었다. 그들의 고함에 귀가 멍해지고 깔려 죽을 지경이 된 불쌍한 아드리안은 얼이 빠져 퇴역 근위 중사의 뼛조각 위에 쓰러진 후 완전히 정신을 잃었다.

태양은 이미 한참 전부터 장의사가 누워 있는 침대를 비추고 있었다. 마침내 그가 눈을 떴다. 바로 앞에서는 하녀가 차를 준비하고 있었다. 아드리안은 공포감 속에서 간밤에 있었던 모든 일을 회상해 보았다. 뜨류히나, 여단장, 근위 중사 꾸릴낀의 모습이 어렴풋이 머릿속에 떠올랐다. 그는 하녀가 먼저 입을 열어 지난밤에 있었던 일의 결말을 얘기해 주기를 묵묵히 기다렸다.

"엄청 잘 주무시데요, 아드리안 쁘로호로비치 나리."

하녀 악시니야가 그에게 가운을 건네주며 말했다.

"옆집 재봉사가 왔다 갔어요. 그리고 이 동네 경찰이 와서 오늘이 경찰 서장님의 명명일이라고 알려 주었어요. 하지만 나리께서 곤히 주무시는 바람에 깨울 수가 없었어요."

"그런데 돌아가신 뜨류히나 집에서 찾아온 사람은 없었니?"

"돌아가시다니요? 그분이 정말 돌아가셨어요?"

"이 멍청아! 어제 그 양반 장례 준비하는 걸 네가 도왔잖아?"

"아니, 그게 무슨 말씀이세요, 나리? 정신이 어떻게 된 거 아니세요? 아니면 어제저녁에 드신 술이 아직 안 깨신 거예요? 어제 무슨 장례식이 있었다는 거예요? 독일인 집에서 온종일 술만 드시고 취해 돌아오시더니 푹 쓰러져 조금 전까지 주무셨잖아요. 아침 예배 종소리도 벌써 울렸어요."

"아, 그렇게 된 거군!"

장의사는 안도의 한숨을 내쉬며 말했다.

"물론이죠."

하녀가 대답했다.

"음, 그렇다면 어서 차를 가져오고 딸애들도 불러 오너라."

역참지기

관등은 14등관인 사람이

역참의 독재자 노릇을 하고 있구나.[1]

        - 뱌젬스끼 공작

역참지기들을 저주하지 않아 본 사람들이 어디 있 겠는가? 그 누가 그들과 다투어 보지 않았던가? 분노 가 폭발한 나머지 그들의 횡포하고 무례하고 태만한 태도에 대한 불만 사항을 적어 넣겠다는 생각으로 운 명적인 장부를 내놓으라고 쓸데없이 요구하지 않아 본 사람이 어디 있겠는가? 역참지기들을 예전 시대의 말단 서기나 무롬의 강도와 다름없는 인간쓰레기로

---

1) 러시아의 시인이자 문학비평가인 뾰뜨르 뱌젬스끼(1792~1878)의 1825년 시 「역참(Станция)」에서 가져와 에피그라프로 사용한 구 절임. 14등관은 당시 러시아 공무원 체계에서 가장 하급 직위의 공 무원이었음.

생각해 보지 않은 사람이 어디 있겠는가?

하지만 공정을 기한다는 측면에서 그들의 입장에서도 생각해 보자. 그러면 우리는 그들을 훨씬 관대하게 평가할 수 있을지도 모른다. 역참지기란 어떤 인물인가? 14등관에 속한 완벽한 수난자이며, 관등 덕분에 구타까지는 모면할 수 있지만 그것도 항상 그런건 아니다(이 점에 대해서는 독자 여러분의 양심에 맡긴다). 뱌젬스끼 공작이 장난스럽게 독재자라고 부르는 역참지기의 의무는 무엇인가? 정말로 강제 노역을 당하는 존재나 마찬가지 아닌가? 밤이고 낮이고 마음이 편할 때가 없다. 여행자는 지루한 여정 내내 쌓인 화를 역참지기를 대상으로 풀려고 한다. 날씨가 짜증스러웠고, 도로가 엉망이었고, 마부는 고집이 셌고, 말이 제멋대로 갔던 것도 모두 역참지기 탓이라는 것이다. 역참지기의 낡은 숙소에 들어간 여행자는 마치 원수를 대하듯 그를 쳐다본다. 초대받지 않은 이 손님으로부터 속히 벗어날 수 있다면 다행이다. 하지만 말이 준비되지 않았다면…? 맙소사! 어떤 욕설과 협박이 그의 머리 위로 쏟아지겠는가? 비가 내리고 땅이 진창일 때도 그는 여기저기로 뛰어다녀야 한다. 짜증이

오를 대로 오른 여행자의 고함과 주먹질을 피해서 잠시나마 쉬기 위해 현관으로 몸을 숨기기도 한다. 장군이라도 도착하면 그는 벌벌 떨며 급행 파발꾼용으로 남겨 두었던 것까지 포함하여 마지막으로 남은 두 대의 삼두마차를 대령한다. 그런데 장군은 고맙다는 말도 없이 가 버린다. 그리고 5분 뒤에 종이 울린다…! 관청에 속한 다른 파발꾼이 도착하여 그의 탁자 위에 새 말로 갈아탈 권리를 표시하는 역마권을 던진다…! 이 모든 상황을 쭉 지켜본다면 우리의 가슴은 분노 대신 진정한 연민으로 가득 차게 될 것이다.

몇 마디 더 하겠다. 나는 20년 동안 러시아 전역을 꾸준히 돌아다녔다. 그래서 거의 모든 역마 도로를 알고 있으며 몇 대에 걸쳐 일하는 마부들과도 알고 지내 왔다. 또한 내가 얼굴을 모르거나 거래를 안 해 본 역참지기도 거의 없다. 나는 여행길에서 목격하며 쌓인 흥미로운 이야기들을 머지않아 출판할 예정이다. 하지만 지금은 역참지기라는 계층이 일반인들의 생각 속에 매우 거짓된 모습으로 자리 잡고 있다는 점만 말해 두겠다. 그토록 비방을 당하고 있는 이 역참지기라는 사람들은 대체로 성품이 온화한 편이며 친성적으로 친절하고 붙임성도 좋은데, 딱히 남에게 존중받기를 바라지도 않으며 돈 욕심도 별로 없는 편이다. 여행자들은 무엇 때문인지 그들과 대화하는 것을 수준 떨어지는 짓이라 여겨 도외시하지만, 나는 그들과 이야기를 나누며 흥미롭고도 교훈이 되는 정보를 많이 얻기도 했다. 솔직히 말해 나는 공무로 여행하는 무슨 6등관 관리들의 입에서 나오는 이야기보다 그들과의 대화를 더 좋아한다.

이 존경스러운 역참지기 계층에 나의 친구들도 있으리라는 점은 쉽게 추측할 수 있을 것이다. 실제로 그들 중 한 사람에 대한 추억은 내게 무척 소중하다. 언젠가 있었던 상황이 우리 둘을 가깝게 만들어 주었는데, 지금부터 내가 친애하는 독자들께 하려는 이야기도 그 사람에 관한 것이다.

1816년 5월, 나는 지금은 없어진 역마 도로를 따라 여행하던 중에 ○○○현을 지나게 되었다. 당시 나는 보잘것없는 관직에 있었으므로 역참마다 갈아타야 하는 우편마차를 이용하는 상황이었고 마차 삯도 말 두 필에 대한 것만 지불하고 있었다. 그 결과로 역참지기들은 내게 예의를 지키지 않았고 나는 당연히 나의 권리라고 생각되는 것도 싸움을 하다시피 해야 얻을 수 있었다. 당시 나는 젊었고 성미도 급했으므로, 나를 위해 준비된 말들을 고관의 사륜마차에 매어 주는 역참지기를 볼 때면 그자의 비열함과 소심함에 울화통이 터졌다. 현 지사 댁에서 만찬 자리가 있을 때 눈치 빠른 하인들이 나를 건너뛰어 요리 접시를 나르는 모습에 익숙해지는 데도 오랜 시간이 걸렸다. 하지만 지금은 이거나 저거나 모두 순리라는 생각이 든다. 만일 일반적으로 편리한 '모든 일엔 관등이 우선'이라는 법칙 대신에 '모든 일엔 지혜가 우선'이라는 법칙이 도입된다면 실제로 어떤 일이 생길까? 엄청난 말다툼이 벌어질 것이다! 그리고 하인들은 누구에게 먼저 요리를 가져다주어야 할 것인가? 하지만 이건 이 정도로 하고, 내가 하려던 이야기로 돌아가 보겠다.

무더운 날이었다. 역참에서 3베르스따쯤 떨어진 곳까지 이르렀을 때 빗방울이 떨어지기 시작했다. 그러더니 잠시 후 장대비가 쏟아지기 시작해서 나는 속옷까지 흠뻑 젖고 말았다. 역참에 도착하자마자 제일 먼저 해야 일은 옷을 갈아입는 것이었고 그다음엔 차를 달라고 청하는 것이었다.

"애야, 두냐야!"

역참지기가 소리쳤다.

"찻물 끓일 준비를 하고 가서 크림을 가져오너라."

이 말이 떨어지자 칸막이 뒤에서 열네 살쯤 된 소녀가 나오더니 현관 쪽으로 뛰어갔다. 그녀의 아름다움에 나는 깜짝 놀라고 말았다.

"당신 딸이오?"

내가 역참지기에게 물었다.

"네, 제 딸입죠."

그가 자랑스러운 표정으로 대답했다.

"아주 영리하고 잽싸답니다. 죽은 자기 어미를 빼닮았죠."

그런 뒤 그는 나의 우편마차용 역마권을 베껴 쓰기 시작했고 나는 그의 초라하지만 한편으로는 말끔하게 정돈된 숙소를 장식하고 있는 그림들을 살펴보기 시작했다. 그 그림들은 돌아온 탕아(蕩兒)의 이야기를 묘사하고 있었다. 첫 번째 그림에서는 타원형 모자를 쓰고 펑퍼짐한 옷을 입은 점잖은 노인이 태평한 표정을 하고 있는 젊은이를 떠나보내고 있었는데, 그 젊은이는 노인의 축복 속에 서둘러 돈 자루를 건네받고 있었다. 두 번째 그림에는 그 젊은이의 방탕한 생활이 선명한 화필로 묘사되어 있었다. 그는 거짓된 친구들과 부끄러움이라곤 모르는 여자들에 둘러싸여 식탁 앞에 앉아 있었다. 그다음 그림에서는 돈을 탕진한 젊은이가 누더기 차림에 삼각 모자를 쓴 채 돼지를 치고 있었다. 돼지들과 먹이를 나눠 먹고 있는 그의 얼굴에는 깊은 슬픔과 후회의 감정이 묻어나고 있었다. 마지막으로는 젊은이가 아버지에게로 돌아오는 장면이 그려져 있었는데, 예전처럼 타원형 모자에 펑퍼짐한 옷차림의 선량한 노인이 그를 맞이하러 뛰어가는 상황에 돌아온 탕아는 무릎을 꿇고 앉아 있었다. 그림의 배경 속 요리사는 살찐 송아지를 잡고 있고 돌아온 탕아의 형은 하인에게 아버지가 왜 이렇게 기뻐하는지 묻고 있는 장면이 형상화되어 있었다. 각 그림의 아래로는 적절한 시구가 독일어로 적혀 있었다. 이 그림들은 역참지기 방 안의 봉선화가 담긴 화분들, 잡다한 색깔의 휘장이 내려진 침대 그리고 주변의 기타 모든 사물과 함께 아직도 나의 기억에 남아 있다. 쉰 살 정도 된 정정하고 활기찬 주인 그리고 빛이 바랜 리본에 세 개의 메달이 달려 있는 그의 긴 프록코트가 지금도 눈앞에 보이는 듯하다.

　내가 늙은 마부에게 마차 삯을 채 치르기도 전에 두냐가 차를 가지고 돌아왔다. 사랑스러운 느낌을 물씬 풍기는 이 작은 아가씨는 두 번째로 나를 보자 자신이 내게 준 인상을 알아채고는 커다란 푸른 눈을 내리깔았다. 나는 그녀와 이야기를 나누기 시작했는데, 그녀는 전혀 수줍어하지 않았고 세상일을 다 아는 여자처럼 내 말에 대꾸했다. 나는 그녀의 아버지에게 펀치 술을 한 잔 권한 뒤 그녀에게는 차를 따라 주었다. 우리 세 사람은 마치 오랜 친구처럼 이야기를 나누었다.

　말은 벌써 오래전부터 준비되어 있었지만 나는 역참지기나 그의 딸과 헤어지는 것이 여전히 아쉬웠다. 마침내 그들과 작별할 때가 되었다. 역참지기는 좋은 여행이 되기를 기원해 주었으며 딸은 마차까지 나를 바래다주었다. 나는 현관에서 걸음을 멈춘 후 그녀에게 키스를 할 수 있게 해달라고 청했다. 그녀는 그렇게 해도 된다고 말했다…. 나는 첫 키스를 한 이후로 많은 키스를 해 보았지만 그날의 키스만큼 내게 길고도 달콤한 추억을 남긴 키스는 없었다.

몇 년 뒤 나는 일련의 사정으로 인해 그때와 같은 역마 도로를 통해 같은 장소를 지나게 되었다. 나는 역참지기의 딸을 떠올리며 그녀를 다시 볼 수 있다는 생각에 기뻤다. 하지만 한편으로는 늙은 역참지기가 근무지를 옮겼을 수도 있고 어쩌면 두냐는 이미 결혼했을 수도 있다는 생각이 들었다. 둘 중 한 사람이 죽었을 수 있다는 생각도 언뜻 떠올랐기에 나는 슬픈 예감을 품고 ○○○ 역참으로 다가갔다.

　말들이 역참 앞에 멈췄다. 방에 들어가니 돌아온 탕아의 이야기를 그린 그림들이 바로 눈에 들어왔다. 식탁과 침대는 예전 그대로였지만 더 이상 창가에는 꽃들이 없었고, 주위의 모든 것은 이미 낡아 버렸거나 무관심하게 방치되어 온 것 같았다. 역참지기는 털외투를 덮어쓴 채 자고 있었다. 내가 들어오는 소리에 그는 잠에서 깼다. 몸을 일으키는 모습을 보니… 분명히 삼손 븨린이었다. 하지만 얼마나 늙었던지! 그가 나의 우편마차 역마권을 베껴 쓸 준비를 하는 동안 나는 그의 백발 그리고 오랫동안 면도를 하지 않은 얼굴에 깊게 팬 주름살과 구부정한 등을 바라보았다. 나는 활기찼던 남자가 3~4년 만에 이토록 허약한 노인네로 변했다는 사실에 놀랄 수밖에 없었다.

"나를 알아보겠소?"

나는 그에게 물었다.

"오래전 한때는 가깝게 지냈던 것 같소만."

"그럴 수도 있죠."

그가 침울하게 대답했다.

"하지만 여기는 워낙 번잡한 곳이라 들르는 여행자가 한둘이 아닙니다."

"두냐는 잘 있소?"

나는 계속 물었다. 노인은 얼굴을 찌푸렸다.

"내가 어찌 알겠습니까?"

그가 대답했다.

"보아하니 결혼을 한 게로군?"

하지만 노인은 나의 질문을 못 들은 척하며 계속해서 나의 역마권을 중얼거리듯 읽기만 했다. 나는 질문하는 걸 그만두고 차를 준비해 달라고 청했다. 호기심을 이기지 못한 나는 술을 통해 옛 친구의 입이 열리기를 바랐다.

내 생각은 틀리지 않았다. 노인은 내가 권하는 술잔을 거절하지 않았다. 나는 럼주 덕에 그의 침울했던 마음이 밝아졌다는 점을 알아챘다. 두 잔째를 마시니 그는 말수가 많아지기 시작했다. 그가 나를 기억한 건지 아니면 기억한 척한 건지 모르겠지만, 여하튼 나는 그로부터 내 마음을 사로잡고 감동시킨 이야기를 들을 수 있었다.

"나리께서 우리 두냐를 알고 계셨다고요?"

그가 말을 시작했다.

"그 아이를 모르는 사람이 어디 있었겠어요? 아, 두냐, 두냐! 그런 아이가 또 있을까요! 여기 들르는 사람 중에 그 아이를 칭찬하지 않는 사람은 없었답니다. 꾸짖는 사람은 아무도 없었죠. 마님들 중 어떤 분은 그 아이에게 손수건을 선물로 주기도 했고, 또 어떤 분은 귀걸이를 주기도 했습니다. 마차를 타고 여행하다 이 역참을 거친 신사들은 점심이나 저녁을 먹는다며 일부러 시간을 끌었는데, 사실은 그 아이를 좀 더 오래 바라보고 싶었던 거죠. 아무리 화가 나 있는 나리라도 그 아이가 있으면 화를 가라앉히고 저한테도 친절하게 말을 건답니다. 나리, 믿으실지 모르겠지만 전령이나 공무로 가고 있는 파발꾼도 그 아이와 30분씩이나 얘기에 빠지곤 했죠. 그 애는 집안일도 썩 잘했습니다. 청소든 요리든 뭐든지 척척 잘해 냈죠. 늙은 바보인 저는 그 애를 아무리 바라보아도 매번 더할 나위 없이 기뻤습죠. 그런 제가 두냐를 사랑하지 않았을까요? 그 애를 소중히 여기지 않았을까요? 그 애한테 이런 삶이 힘들었을까요? 하지만 그 애한테는 그렇지가 않았는지, 재앙이 찾아왔습니다. 타고난 운명은 피할 수 없나 봅니다."

이때부터 그는 자신이 겪은 슬픔을 자세하게 얘기하기 시작했다. 3년 전 어느 겨울 저녁, 그가 새 장부에 줄을 긋고 딸은 칸막이 저편에서 자신의 옷을 만들고 있을 때 삼두마차가 도착했다. 체르께스 모자에 긴 군복 외투를 입고 목도리로 얼굴을 감싼 여행자가 마차에서 내리더니 말을 달라며 들어왔다. 다른 여행자들이 말을 모두 타고 나갔기에 남은 말은 없었다. 그러자 여행자는 언성을 높이며 채찍을 들어 올렸다. 그런데 그런 장면에 익숙하던 두냐가 칸막이 뒤에서 뛰어나와 여행자에게 상냥한 목소리로 뭐라도 좀 드시지 않겠냐고 물었다. 두냐의 등장은 언제나처럼 효과를 발휘했다. 여행자의 분노는 사라졌고 그는 말이 준비되기를 기다리겠다고 말하며 저녁 식사를 주문했다. 젖은 털모자를 벗은 후 목도리를 풀고 외투를 벗은 모습을 보니 여행자는 검은 콧수염을 기른, 젊고 늘씬한 경기병이었다. 그는 역참지기 옆에 편안하게 자리를 잡은 후에 부녀와 유쾌하게 얘기를 나누기 시작했다. 저녁 식사가 나왔다. 그러는 사이에 말들이 도착했는데 역참지기는 말들에게 먹이를 주지 말고 곧바로 여행자의 마차에 매어 놓으라고 지시했다. 하지만 그가 돌아와 보니 젊은이는 거의 인사불성이 되어 긴 의자에 누워 있었다. 몸이 아프고 두통도 심해서 출발할 수 없다는 것이었다… 그러니 어쩌겠는가! 역참지기는 그에게 자기 침대를 내주었고 환자의 상태가 호전되지 않으면 다음 날 아침에 의사를 부르러 C○○○읍으로 사람을 보내기로 했다.

　다음 날 경기병의 상태는 더 나빠졌다. 그의 하인은 의사를 부르러 말을 타고 읍내로 갔다. 두냐는 식초를 적신 수건을 그의 이마에 둘러 주었고 바느질감을 가지고 그의 침대 곁에 앉았다. 환자는 역참지기가 옆에 있을 때면 앓는 소리만 내며 거의 한마디도 하지 않았지만, 커피는 두 잔이나 마셨고 앓는 소리로 식사를 주문하기도 했다. 두냐는 그의 곁을 떠나지 않았다.

그는 수시로 목이 마르다고 했고 그때마다 두냐는 자신이 만든 레몬수를 가져다주었다. 환자는 입술을 축인 후 레몬수 잔을 돌려줄 때마다 감사의 표시로 힘없이 자신의 손을 들어 두냐의 손을 쥐었다.

점심때쯤 의사가 도착했다. 의사는 환자의 맥을 짚어 본 후 독일어로 그와 말을 주고받았고, 환자에게 필요한 것은 안정뿐이며 이틀 후면 출발할 수 있다고 러시아어로 말했다. 경기병은 그에게 왕진 진찰료 25루블을 지불한 다음 식사에 초대했다. 의사는 흔쾌히 초대에 응했다. 두 사람은 왕성한 식욕을 발휘하며 식사를 하고 포도주까지 한 병 깨끗이 비운 다음 서로에 대해 매우 만족한 듯 헤어졌다.

하루가 더 지나자 경기병은 몸 상태가 완전히 좋아졌다. 그는 지나치게 명랑하다고 할 정도로 쉴 새 없이 두냐나 역참지기와 농담을 했다. 휘파람으로 노래를 부르기도 했고 다른 여행자들과 얘기를 나누기도 했으며 그들의 역마권 내용을 자신이 대신 장부에 적어 주기까지 했다. 선량한 역참지기는 그가 아주 마음에 들었기에 사흘째 되는 날 아침에는 이 친절한 숙박자와 헤어지기 섭섭한 마음까지 들었다. 그날은 일요일이었으므로 두냐는 예배에 갈 채비를 했다. 경기병의 마차가 준비되었다. 그는 역참지기에게 숙박료와 식대를 후하게 지불한 후 작별 인사를 했다. 그다음엔 두냐에게도 작별 인사를 하며 마을 어귀에 있는 교회까지 데려다주겠다고 자청했다. 두냐는 머뭇거리며 서 있었다….

"뭘 겁내는 거냐?"

아버지가 그녀에게 말했다.

"나리는 늑대가 아니잖아. 그러니 널 잡아먹을 리가 없어. 교회까지 타고 가렴."

두냐는 경기병 옆자리에 앉았고 그의 하인은 마부석 옆에 훌쩍 올라탔다. 마부가 휘파람을 불자 말들이 달리기 시작했다.

돌이켜 보았을 때 불쌍한 역참지기는 그때 자신이 어쩌다가 두냐에게 경기병과 함께 타고 가는 걸 허락했는지, 어쩌다가 그렇게 눈이 멀었는지, 자신이 왜 그렇게 정신을 못 차렸는지 이해할 수 없었다. 30분이 채 지나기도 전에 가슴이 쑤시는 느낌이 들기 시작하자 크게 불안해진 그는 더 이상 참지 못하고 직접 예배 장소로 갔다. 그가 교회에 도달할 무렵에는 이미 사람들이 흩어지고 있었다. 하지만 교회 마당이나 입구 어디에도 두냐의 모습은 보이지 않았다. 급히 교회 안으로 들어가 보니 사제는 제단 뒤편에서 나오는 중이었고 교회 관리자는 촛불을 끄고 있었다. 두 명의 노파가 아직 구석에서 기도를 하고 있었다. 하지만 두냐는 교회 안에 없었다. 가련한 아버지가 가까스로 용기를 내어 교회 관리자에게 두냐가 예배에 왔었냐고 물어보니 그는 오지 않았다고 대답했다. 역참지기는 정신이 거의 나간 상태에서 집으로 돌아왔다. 한 가지 희망은 남아 있었다. 나이가 어리다 보니 마음이 들떠서 혹시 대모(代母)가 살고 있는 다음 역참까지 마차를 타고 갔을 수도 있겠다는 생각이 들었다. 그는 미칠 듯한 초조함 속에서 딸을 태워 보낸 삼두마차가 돌아오기를 기다렸지만 마부는 좀처럼 돌아오지 않았다. 저녁 무렵이 되어서야 술에 취한 상태로 혼자 돌아온 마부는 끔찍한 소식을 전해 주었다. 두냐가 그 경기병과 함께 다음 역참을 통과해 더 멀리까지 가 버렸다는 것이었다.

노인은 자신의 불행을 견뎌 내지 못했다. 그는 소식을 듣자마자 지난밤 그 젊은 사기꾼이 잤던 그 침대에 곧바로 몸져누웠다. 모든 상황을 토대로 판단해 보니 그자의 병은 꾀병이었음을 짐작할 수 있었다. 불쌍한 노인은 심한 열병에 걸려 C○○○읍으로 실려 갔고, 그의 일은 당분간 다른 사람에게 맡겨졌다. 경기병에게 왔던 그 독일인 의사가 그를 치료하게 되었다. 그는 역참지기에게 그 젊은이는 몸 상태가 완전히 정상이었고 자신은 그의 사악한 계획을 눈치챘지만 그의 채찍이 두려워 침묵을 지켰을 뿐이라고 말했다. 이 독일인이 진실을 말했을 수도 있고 혹은 그저 자신의 선견지명을 자랑하려고 그런 말을 했을 수도 있겠으나, 어쨌든 그의 말은 가엾은 환자에게 아무런 위안도 되지 못했다. 역참지기는 건강을 회복하자마자 C○○○읍의 우체국장에게 두 달의 휴가를 요청했다. 그런 후 아무에게도 자신의 계획에 대해 말하지 않고 딸을 찾아 걸어서 길을 떠났다. 그는 남겨진 역마권을 통해 기병 대위 민스끼가 스몰렌스끄에서 뻬쩨르부르그로 가던 중이었다는 사실을 알아냈다. 그를 태워다 준 마부는 두냐가 자의로 가는 것처럼 보이긴 했지만 그래도 가는 길 내내 울고 있었다고 말해 주었다. 그는 '어쩌면 길 잃은 내 어린 양을 집으로 데려오게 될지도 모르겠구나.' 하는 생각이 들었다. 이런 생각을 하며 뻬쩨르부르그에 도착한 그는 이즈마일로프 연대 근처에서 살고 있는 자신의 예전 동료이자 퇴역 하사관인 사람의 집에 여장을 푼 후에 딸을 찾아 나섰다. 얼마 안 되어 그는 기병대위 민스끼가 뻬쩨르부르그에 있으며 제무또프 여관에서 지내고 있다는 사실을 알아냈다. 역참지기는 그를 찾아가기로 마음먹었다.

이른 아침, 그는 민스끼가 묵고 있는 숙소의 대기실로 가서 나이 든 병사가 나리를 뵙고자 찾아왔다고 전해 달라 청했다. 민스끼의 시중을 드는 병사는 구두틀에 끼운 장화를 닦으면서 나리는 주무시고 계시며 11시 이전에는 아무도 만나지 않는다고 말했다. 역참지기는 자리를 떴다가 그 시간에 다시 돌아왔다. 민스끼는 실내복 차림에 붉은색 모자를 쓴 채 직접 그의 앞에 나왔다.

"그래, 무슨 일로 나를 찾는가?"

민스끼가 그에게 물었다. 울컥한 노인은 눈물을 주르륵 흘리며 떨리는 음성으로 간신히 말했다.

"나리…! 부디 자비를 베풀어 주십시오…!"

민스끼는 그를 흘끗 쳐다보더니 얼굴이 갑자기 붉어졌다. 그러더니 그의 손을 잡고 자기 서재로 데려가 문을 잠갔다.

"나리!"

노인이 말을 이어갔다.

"일단 수레에서 떨어진 물건은 없어진 거나 마찬가지라지요. 하지만 저의 불쌍한 두냐만은 돌려주세요. 나리께선 그 아이를 데리고 충분히 즐기셨을 테니 더이상은 그 아이를 헛되이 망치지는 말아 주십쇼."

"이미 저질러진 일은 되돌릴 수 없는 법이네."

그가 몹시 당혹스러운 표정으로 말했다.

"내가 자네한테 잘못을 한 건 맞으니 기꺼이 용서를 빌겠네. 하지만 내가 두냐를 버릴 거라곤 생각하지말게. 그녀는 행복해질 걸세. 이 점은 맹세할 수 있네. 그리고 자네한테 두냐가 왜 필요한가? 그녀는 나를 사랑하고 있고 예전 삶의 방식에서도 이미 벗어났다네. 자네도 그렇고 두냐도 그렇고, 이미 일어난 일을 머리에서 지울 수는 없을 것이네."

그러더니 역참지기의 소매 등에 무언가를 쑤셔 넣은 후 문을 열어 주었다. 역참지기는 열이 나간 채 서리로 나왔다.

그는 한참 동안 꼼짝 않고 서 있다가 마침내 소매 등에 종이 뭉치가 있는 것을 발견했다. 꺼내서 펴 보니 구겨진 5루블짜리와 10루블짜리 지폐 여러 장이었다. 그의 눈에서 다시 눈물이 솟구쳤다. 분노의 눈물이었다! 그는 지폐들을 꾸겨 길바닥에 팽개친 후 구둣발로 짓밟고는 걸음을 옮겼다…. 그는 몇 걸음을 가다가 멈춰 잠시 생각한 후… 되돌아갔지만… 지폐들은 이미 사라지고 없었다. 잘 차려입은 청년이 그를 보더니 마차로 달려가 서둘러 올라탄 후 '가자…!'라고 외쳤다. 역참지기는 뒤를 쫓아가지 않았다. 그는 역참의 자기 집으로 돌아가기로 했다. 하지만 그 전에 한 번만이라도 저 불쌍한 두냐가 보고 싶었다. 그래서 이틀 후에 다시 민스끼의 숙소로 가 보았다. 하지만 민스끼의 시중을 드는 병사는 나리께선 아무도 안 만나신다고 무뚝뚝하게 말하고는 가슴으로 그를 밀어 응접실 밖으로 내보내고 눈앞에서 문을 쾅 닫아 버렸다. 역참지기는 한참을 그대로 서 있다가 결국 발길을 돌렸다.

바로 그날 저녁 그가 '애통해하는 자들의 교회'에서

기도를 드린 후 리쩨이늬 거리를 따라 걷고 있을 때 멋진 사륜마차 한 대가 갑자기 앞을 지나갔다. 바라보니 그 안에 민스끼가 타고 있었다. 사륜마차는 어떤 3층 집의 현관 앞에 멈춰 섰는데 기병 대위가 내리더니 집 안으로 뛰어 들어갔다. 역참지기의 머릿속에 행복한 생각이 떠올랐다. 그는 몸을 돌려 마부에게 다가간 후 물었다.

"이보게, 이건 누구의 말인가? 혹시 민스끼 나리의 말이 아닌가?"

마부가 대답했다.

"맞소. 그런데 그건 왜 묻는 거요?"

"다름이 아니라 자네 나리께서 두냐라는 여자한테 쪽지를 전해 주라고 내게 말씀하셨는데, 그 두냐라는 여자가 어디 사는지 내가 그만 잊었다네."

"바로 여기 2층에 살고 있지만 쪽지를 전달하기는 이미 늦었소. 나리께서 벌써 그 여자한테 와 계시오."

"상관없네."

역참지기는 심장이 무섭게 뛰는 것을 느끼며 그의 말을 제지했다.

"알려 줘서 고맙네. 어쨌든 내가 맡은 심부름은 이

행해야 하네."

그 말과 함께 그는 계단을 올라갔다.

문이 잠겨 있어서 벨을 눌렀다. 고통스러운 기다림 속에서 몇 초가 지난 후 덜그럭거리는 소리가 나더니 문이 열렸다.

"아브도찌야 삼소노브나란 분이 여기 살고 있소?" 그가 물었다.

"맞아요."

나이 어린 하녀가 대답했다.

"그런데 그분한테 무슨 볼일이라도 있어요?"

역참지기는 아무 대답도 하지 않고 홀 안으로 들어갔다.

"들어가면 안 돼요, 안 돼!"

등 뒤에서 하녀가 소리쳤다.

"아브도찌야 삼소노브나한테는 지금 손님이 와 계신단 말이에요."

하지만 역참지기는 들은 척도 하지 않고 계속 안으로 들어갔다. 앞쪽 두 개의 방은 어두웠지만 세 번째 방에는 불이 밝혀져 있었다. 그는 활짝 열린 그 방의 문으로 다가가 멈춰 섰다. 깔끔하게 갖춰 놓은 방 안에 민스끼가 생각에 잠겨 앉아 있었다. 유행하는 온갖 사치품들을 걸친 두냐는 민스끼가 앉아 있는 안락의자 팔걸이에 마치 영국식 안장에 올라탄 여자 기수(騎手)처럼 걸터앉아 있었다. 그녀는 다정하게 민스끼를 바라보며 반짝거리는 자신의 손가락으로 민스끼의 검은 고수머리를 말고 있었다. 불쌍한 역참지기! 그에게 자기 딸이 그토록 아름다워 보였던 적은 한 번도 없었다. 그는 자신도 모르게 그녀의 모습을 감탄하며 바라보았다.

"거기 누구세요?"

두냐가 고개를 숙인 채 물었다. 그는 잠자코 있었다. 대답이 없자 그녀는 고개를 들었는데… 바로 비명을 지르며 양탄자 위로 쓰러졌다. 깜짝 놀란 민스끼가 그녀를 앉아 올리려고 황급히 다가가던 중에 문가에 선 늙은 역참지기가 눈에 들어왔다. 그는 두냐를 그대로 두고 분노에 몸을 떨며 역참지기에게 다가갔다.

"대체 뭘 원하는 건가?"

그는 이를 부드득 갈며 노인에게 말했다.

"뭣 때문에 도둑처럼 내 뒤를 계속 살금살금 따라다니는 거지? 아니면 나를 찔러 죽이기라도 하려고 그러는 건가? 당장 꺼져!"

그는 억센 손으로 노인의 목 주위 옷깃을 움켜쥔 후 계단으로 확 밀어 버렸다.

노인은 자기 숙소로 돌아왔다. 그의 옛 동료는 고소를 하라고 권했지만 그는 잠시 생각한 뒤에 손을 내젓고는 그렇게 하지 않기로 결심했다. 이틀 후 그는 뻬쩨르부르그를 떠나 예전 자신의 역참으로 되돌아갔고 다시 근무를 시작했다.

"두냐 없이 그리고 그 애 소식조차 전혀 모르고 살게 된 지 벌써 3년째입니다."

그가 자신의 이야기를 마무리하며 말했다.

"그 애가 살아 있는지 죽었는지는 하나님만이 아시겠죠. 온갖 일이 다 일어나는 세상 아닙니까. 오가는 건달의 꼬임에 빠져 한동안 같이 지내다가 결국 버려지는 여자가 두냐가 처음도 아니고 마지막도 아닐 겁니다. 나리도 뻬쩨르부르그에 대해 아시겠지만, 거기는 오늘은 공단이나 벨벳 옷을 입고 다니지만 내일이면 추잡한 술꾼들과 어울려 거리를 싸돌아다니는 멍청한 젊은 여자애들이 많답니다. 가끔 두냐도 그런 식으로 시들어 가고 있을지 모른다는 생각이 떠오르면,

저도 모르게 차라리 그 아이가 지금 그냥 죽었으면 좋겠다는 생각이 들기도 합니다…. 아마 이런 생각을 하면 죄를 짓는 것이겠지만요."

여기까지가 나의 친구인 늙은 역참지기가 들려준 이야기였다. 그는 수시로 흘러내리는 눈물 때문에 힘들게 이야기를 이어갔는데, 그가 소맷자락으로 눈물을 닦는 그림 같은 모습은 드미뜨리예프의 아름다운 발라드에 나오는 열정적인 쩨렌찌치[2]를 연상시켰다. 그 눈물의 일부는 그가 이야기하는 도중 다섯 잔이나 마신 술 때문이기도 했지만, 어쨌든 그의 눈물은 나를 깊이 감동하게 했다. 그와 헤어진 뒤에도 나는 오랫동안 늙은 역참지기의 모습을 잊지 못했고, 불쌍한 두냐 역시 오랫동안 나의 머리에서 떠나지 않았다….

얼마 전에 다시 ○○○읍을 지날 일이 생겼을 때 나는 옛 친구와의 일이 떠올랐다. 하지만 그가 관리하던 역참은 이미 없어졌다는 말을 들었다. 예전의 역참지기는 아직 살아 있냐는 나의 질문에 대해서는 아무도

---

[2] 러시아의 감상주의 시인 이반 드미뜨리예프(1760~1837)의 1791년 발라드 작품 「퇴역한 기병 상사 – 캐리커처」에 나오는 인물.

만족스러운 답을 주지 못했다. 그래서 나는 이미 익숙한 그곳을 직접 방문해 보기로 작정했고 돈을 주고 말을 빌린 후 H○○○ 마을로 향했다.

어느 가을의 일이었다. 회색 구름이 하늘을 뒤덮고 있었다. 추수를 마친 들에서는 차가운 바람이 불어오고 길목의 나무들에서는 붉은색과 노란색 잎들이 떨어지고 있었다. 나는 해가 질 무렵 그 마을에 도착해서 역참 건물 아래 말을 멈추었다. 가엾은 두냐가 언젠가 내게 키스해 주었던 그 현관에서 뚱뚱한 아낙네가 나왔다. 내가 묻는 말에 그녀는 늙은 역참지기는 죽은 지 1년이 되었으며 그가 살던 집에 지금은 양조업자가 들어왔고 자신은 그 양조업자의 아내라고 대답했다. 나는 이 헛된 방문과 쓸데없이 소비한 7루블이 아까워졌다.

"대체 어쩌다 죽었소?"

나는 양조업자 아내에게 물었다.

"술을 너무 마셔서 그렇게 되었습죠, 나리."

그녀가 대답했다.

"그럼 어디에 묻었나요?"

"마을 어귀 묘지에 묻었죠. 죽은 마누라 무덤 곁에요."

"그 사람 무덤까지 데려다줄 순 없겠소?"

"안 될 게 뭐가 있겠어요. 애, 반까야! 고양이하고 그만 놀고 나리를 묘지까지 모시고 가서 역참지기의 무덤이 어딘지 알려드려라."

이 말이 떨어지자 누더기를 걸치고 붉은 머리에 한 쪽 눈이 먼 소년이 뛰어나와 즉시 나를 마을 어귀로 안내했다.

"돌아가신 할아버지를 알고 지냈니?"

"그럼요! 저한테 피리 만드는 방법도 가르쳐 주셨어요. 술집에서 나오실 때(천국에 가시기를!) 저희가 뒤따라가며 '할아버지, 할아버지! 호두 좀 주세요!'라고 말하면 호두를 나누어 주시곤 했어요. 그리고 항상 저희와 놀아 주셨어요."

"혹시 여행자들이 할아버지 얘기를 할 때도 있니?"

"요즘엔 여행자들이 거의 없어요. 어쩌다 사정관 나리들이 들를 때도 있지만 그분들은 죽은 사람한테는 관심이 없어요. 참, 이번 여름에 마님 한 분이 오셨는데 역참지기 할아버지에 대해 물으시곤 무덤까지 가셨어요."

"어떤 마님이었니?"

나는 호기심이 생겨 물었다.

"아주 예쁜 마님이었어요."

소년이 대답했다.

"말 여섯 마리가 끄는 마차를 타고 오셨어요. 조그만 사내아이 셋도 같이 왔고 유모와 검정 발바리도 왔어요. 역참지기 할아버지가 돌아가셨다고 말했더니 마님이 울음을 터뜨렸어요. 그리고 애들한테 '얌전히 앉아 있으렴. 엄마는 묘지에 다녀올 테니까.'라고 하셨어요. 제가 길을 안내해 드리겠다고 하니까 마님은 '나도 길을 안단다.'라고 하셨죠. 그리고 저한테 5꼬뻬이까 은전도 주셨어요. 참 착한 마님이었어요…!"

우리는 묘지에 도착했다. 울타리도 없었고 햇빛을 가려줄 나무 한 그루도 없이 나무 십자가들만 몇 개 꽂혀 있는 황량한 곳이었다. 나는 태어나서 그처럼 애처로운 묘지는 본 적이 없었다.

"여기가 역참지기 할아버지 무덤이에요."

소년이 모래 언덕 위로 훌쩍 올라서며 내게 말했다. 모래 언덕에는 청동 성상이 붙은 검은 십자가가 꽂혀 있었다.

"그 마님도 여기까지 왔었니?"

내가 물었다.

"네, 오셨어요."

반까가 대답했다.

"저는 멀리서 보았는데, 마님은 여기 엎드리고는 한참 동안 그러고 계셨어요. 그러고는 마을로 가서 사제님을 부르더니 돈을 주고 가셨어요. 저한테는 5꼬뻬이까 은전을 주셨어요. 참 좋은 마님이었어요!"

나도 소년에게 5꼬뻬이끼를 주었다. 이 방문에 대해서도 그리고 그것 때문에 써버린 7루블에 대해서도 더는 아까운 마음이 들지 않았다.

귀족 아가씨 – 시골 처녀

두셴까, 너는 어떤 옷을 입어도 아름답구나.[1]

- 보그다노비치

우리나라에는 수도에서 멀리 떨어진 곳에도 여러
현(縣)이 있는데, 그중 한 곳에 이반 뻬뜨로비치 베레
스또프의 영지가 있었다. 젊은 시절 근위대에서 복무
했던 그는 1797년 초에 퇴역한 뒤 자신의 마을로 내려
왔는데 그때 이후로 이곳에서 전혀 나오지 않았다. 그
는 가난한 귀족의 딸과 결혼했는데 그녀는 그가 멀리
들판에 나가 있을 때 아이를 낳다가 죽었다. 그는 영지
를 경영하는 일에 전념하며 차츰 슬픔을 달랬다. 그는

---

1) 18세기 러시아 시인 이뽈리트 보그다노비치(1743~1803)의 1778년
서사시 「두셴까」의 내용에서 가져와 에피그라프로 사용한 구절임.
러시아어 '두셴까(Душенька)'는 여성 이름 '두샤(Душа)'의 애칭이
며 한편으로 '사랑스러운 여자'라는 중의적 의미도 있음.

자신이 설계한 집을 직접 지었고 영지 내에 나사(羅紗) 직물 공장을 세웠으며 수입을 세 배로 불렸다. 이에 힘입어 그는 자신을 인근 지역 전체에서 가장 현명한 사람으로 자부하게 되었는데, 이 점에 대해서는 가족이나 개를 데리고 방문하는 이웃 사람들도 반박하지 않았다. 그는 평일에는 벨벳 재킷을 입고 다녔고 명절에는 자신의 가내 공장에서 생산된 모직 프록코트를 입고 다녔다. 그는 직접 가계부를 작성했고 ≪원로원 통보≫ 외에는 아무것도 읽지 않았다. 거만하다는 인상을 주긴 했지만 사람들은 대체로 그를 좋아했다.

그와 관계가 좋지 않았던 유일한 사람은 거리상 가장 가까운 곳에 사는 이웃 그리고리 이바노비치 무롬스끼였다. 무롬스끼는 진짜 러시아 귀족이라고 할 만한 사람이었다. 그는 모스크바에서 자신의 재산 대부분을 날렸는데, 그 상황에서 아내까지 죽자 자신이 보유한 영지 가운데 마지막으로 남은 시골로 내려왔다. 그는 여기서도 허세를 부렸는데, 이번에는 방식을 달리했다. 그는 자신에게 남아 있는 돈을 영국식 정원을 꾸미는 일에 거의 다 쏟아부었다. 그는 마부들에게 영국 경마 기수의 복장을 입혔고, 딸에게는 영국 가정교

사를 붙였으며 밭도 영국식으로 갈았다. 하지만 '러시아의 곡물은 외국식으로는 여물지 않는 법이다.'[2]

지출액 자체는 예전보다 현저히 줄었지만, 이런 식으로 일을 하다 보니 그리고리 이바노비치의 수입은 늘지 않았다. 따라서 그는 심지어 이런 벽촌에서도 새로운 빚을 지는 방법을 마련했는데, 그 방법을 통하다 보니 어리석은 자로 간주되는 것만은 피할 수 있었다. 그가 마련한 방법이란 자기 현 지주 가운데 제일 먼저 불우 이웃 후원회에 자신의 영지를 저당 잡히는 방법이었다. 당시 러시아에서 그것은 엄청나게 복잡하고도 대담한 자금 조달 방식으로 간주되고 있었다. 그를 비난한 사람 중에서 가장 엄격한 태도를 취했던 사람은 베레스또프였다. 새로운 방식에 대한 증오심은 베레스또프의 성격 중 가장 두드러진 점이었다. 자신의 이웃에 사는 영국광에 대해 무관심하게 말할 수 없었던 그는 무롬스끼를 비난할 구실을 수시로 찾고 있었다. 손님에게 영지를 구경시켜 주다가 손님이 무

---

[2] 러시아 작가 알렉산드르 샤흡스끼(1777~1846)의 1808년 시 「풍자」에서 가져온 구절임.

롬스끼의 영지를 칭찬하면 그는 이렇게 대꾸했다.

"그렇죠!"

그는 교활한 미소를 지으며 말했다.

"하지만 내 영지는 이웃집 그리고리 이바노비치와는 다릅니다. 우리가 왜 영국식으로 망해야 합니까! 우린 러시아식으로 배만 채우면 됩니다."

이와 유사한 농담조의 말은 이웃 사람들의 노력에 의해 말이 더해지고 설명까지 덧붙여진 채 그리고리 이바노비치에게 전해졌다. 영국광은 우리의 비평가들만큼이나 비판을 참아 내지 못했다. 그는 미친 듯이 화를 냈고, 자신에 대해 혹평한 자를 미련퉁이 또는 촌놈이라고 불렀다.

두 지주의 관계가 그렇게 흘러가던 중에 베레스또프의 아들이 시골집으로 아버지를 찾아왔다. 그는 ○○ 대학을 졸업한 후 군에 입대할 생각을 품었지만 아버지는 그의 생각에 찬성하지 않았다. 청년은 문관 근무는 전혀 자신의 적성이 아니라고 생각했으므로, 아버지와 아들이 각자의 생각을 접을 가능성은 없었다. 청년 알렉세이는 만일의 때를 대비하여 콧수염을 기르면서 당분간 지주로 살아가게 되었다.

알렉세이는 실제로 괜찮은 청년이었다. 만일 그가 자신의 균형 잡힌 몸매에 딱 맞는 군복을 입지 못하거나, 군마에 올라타고 뽐내는 대신 관청 서류 더미에 코를 박고 젊은 시절을 보내게 되었다면 안타까운 일이었을 것이다. 사냥터가 험하든 말든 상관하지 않고 항상 맨 앞에서 말을 달리는 그의 모습을 본 이웃 사람들은 저런 사람이 이성적 행동이 요구되는 공무원 과장이 된다는 건 애당초 맞지 않다고 이구동성으로 말하곤 했다. 지주 댁의 아가씨들은 그를 흘끗거리며 훔쳐보거나 아예 넋을 잃고 바라보기도 했지만, 그는 그런 아가씨들에 거의 관심이 없었다. 아가씨들은 그의 무심함의 원인이 어떤 여자와 연애를 하고 있기 때문일 거라고 추측했다. 실제로 그의 편지 겉봉에 쓰인 어떤 주소의 사본이 아가씨들의 손에서 돌아다니고 있었다. '모스크바의 알렉세이 수도원 맞은편 대장장이 사벨례프의 집에 거주하는 아꿀리나 뻬뜨로브나 꾸로츠끼나께 보냄. 귀하께서 이 편지를 A.H.P에게 꼭 전해 주시기를 부탁함.'

여러분 중에서 시골에서 살아 본 적이 없는 분들은 먼 시골 지역 아가씨들이 얼마나 매력적인지 상상할 수 없을 것이다! 정원의 사과나무 그늘 아래서 맑은 공기를 마시며 자라난 이 여자들은 세상과 삶에 대한 지식을 책에서 얻는다. 이들은 고독한 삶 속에서의 자유로운 독서를 통해 주의가 산만한 도시의 미녀들로서는 알 수 없는 감정과 열정을 일찍부터 키워 가는 사람들이다. 그들에겐 말의 방울 소리를 듣는 것도 진기한 사건이고, 가까운 도시로의 여행은 평생 남을 경험이며, 손님의 방문은 오랫동안, 때로는 영원히 잊히지 않을 추억이 된다. 물론 그들의 몇 가지 특이한 성향을 비웃는 사람도 있겠지만, 겉으로 드러나는 것만 보고 가벼운 말을 던져 봤자 그녀들의 본질적인 장점을 파괴할 수는 없는 법이다. 그 장점 중에서 가장 중요한 것은 '성격의 특수성', 즉 '독창성'3)인데 장 폴4)의 견해에 따르면 인간의 위대함은 그것 없이 존재할 수 없다. 대도시의 여성들은 아마 더 나은 교육을 받을 수도 있겠지만, 사교계의 관행으로 성격이 밋밋해진 그들은 각자의 영혼마저 머리에 쓰는 모자와 똑같

---

3) 원문은 프랑스어 'individualité'로 되어 있음.
4) 독일의 낭만주의 작가 요한-폴 리히터(1763~1825)의 필명.

이 되어 버린다. 이것은 옳고 그름을 판단하거나 비난하려고 하는 말은 아니지만, 오래전 어느 논평가가 말했듯이 '우리의 논평은 유효하다.'[5]

알렉세이가 우리 아가씨들에게 어떤 인상을 주었을지 상상하기는 어렵지 않을 것이다. 그녀들에게 그는 인생에서 처음으로 만난 우울하고도 절망감을 풍기는 인간이었고, 상실한 삶의 기쁨과 시들어 버린 청춘에 대해 이야기해 준 최초의 인물이기도 했다. 게다가 그는 해골 문양이 있는 검은 반지를 끼고 다녔는데, 이 모든 것이 이 현에서는 극히 새로운 모습이었다. 아가씨들은 그에게 넋을 잃었다.

그런데 누구보다도 더 그에게 정신이 팔린 사람은 우리 영국광의 딸, 리자(그리고리 이바노치가 평소에 부르는 이름으로 하면 '벳시')였다. 그들의 아버지 사이에는 교류가 없었으므로, 이웃의 모든 젊은 아가씨가 그에 대한 이야기를 하는 상황에서도 그녀만큼은 아직 그를 만나 본 적이 없었다. 리자는 열일곱 살이었는데, 그녀의 검은 눈동자와 유쾌한 표정은 까무잡잡한 피

---

5) 원문은 라틴어 'nota nostra manet'로 되어 있음.

부에 생기를 더해 주고 있었다. 외동딸이었던 그녀는 버릇없는 아이로 자랐다. 그녀의 발랄함과 수시로 벌이는 장난은 아버지를 기쁘게 해 주었지만, 그럴 때마다 가정교사인 미스 잭슨은 절망감에 빠지곤 했다. 격식을 중요시하는 마흔 살의 나이 든 미스 잭슨은 얼굴에는 하얗게 분칠을 하고 눈썹은 까맣게 물들이고 다녔는데, 1년에 두 번씩 「파멜라」6)를 읽어 주고 그 대가로 2천 루블을 받고 있었다. 그녀는 이 야만적인 러시아에서 지내는 게 지겨워서 죽을 지경이었다.

리자의 시중을 들어주는 하녀는 나스쨔였다. 그녀는 리자보다 나이는 약간 더 많았지만, 들떠 있는 건 리자나 마찬가지였다. 리자는 그녀를 매우 좋아했기에 그녀에게 자신의 모든 비밀을 털어놓았고 함께 음모를 꾸미기도 했다. 한마디로 쁘릴루치노 마을에서 나스쨔는 프랑스 비극에 나오는 어떤 조연보다 훨씬 중요한 역할을 하는 인물이었던 것이다.

"아가씨, 저 오늘 어디 좀 다녀와도 될까요?"

---

6) 영국 작가 사무엘 리차드슨(1689~1761)이 1741년에 발표한 소설 「파멜라 혹은 보답 받은 정숙함」의 명칭을 줄여서 간략하게 칭한 것임.

어느 날 나스쨔가 아가씨의 옷을 입혀 주며 말했다.

"그렇게 해. 그런데 어딜 가려는 거니?"

"뚜길로보에 있는 베레스또프 나리 댁에요. 그 댁 요리사 부인이 어제 오더니 오늘 그 댁에 명명일 파티가 있으니 와서 점심 먹으라고 우릴 불렀어요."

"저런!"

리자가 말했다.

"주인들끼린 싸우고 있는데 하인들은 서로 음식 대접을 하는구나."

"저희가 주인님들 일에 어찌 상관하겠어요!"

나스쨔가 의아해하며 말했다.

"게다가 저는 아가씨 시중을 들지 아버님의 시중을 드는 건 아니잖아요. 그리고 아가씨는 아직 젊은 베레스또프 도련님과 싸운 적도 없잖아요. 싸우고 싶다면 노인들끼리 싸우라고 하면 되죠."

"그럼 나스쨔, 거기 가서 알렉세이 베레스또프 씨를 보고 와서 나한테 자세히 얘기해 다오. 외모는 어떻고 성격은 또 어떤지 말이야."

나스쨔는 그렇게 하겠다고 약속했고, 리자는 온종일 그녀가 돌아오기만 초조하게 기다렸다. 마침내 저녁때 나스쨔가 돌아왔다.

그녀가 방 안에 들어서면서 말했다.

"저기, 리자베따 그리고리예브나, 베레스또프 도련님을 봤어요. 마음껏 살펴볼 수 있었죠. 하루 종일 같이 있었거든요."

"어떻게 그럴 수가 있었지? 얘기해 봐, 어서 차근차근 얘기해 봐."

"그럴게요. 저희가 그 댁에 갔죠. 그러니까 누구냐면, 저랑 아니샤 예고로브나랑 네닐라랑 둔까랑…"

"됐어, 그런 건 나도 알아. 그래서 어떻게 됐냐고?"

"죄송해요, 모조리 순서대로 얘기해 드릴게요. 그래서 저희가 식사 시간에 맞춰 도착했어요. 방 안에는 이미 사람들이 가득하더라고요. 꼴비노에서 온 사람들, 자하례보에서 온 사람들, 딸들을 데리고 온 상점 관리자 마누라, 흘루삐노에서 온 사람들…"

"알겠으니까 그만해! 그래서 베레스또프 씨는 어땠냐고?"

"잠깐만 기다리세요. 저희는 식탁에 앉았죠, 상점 관리자 마누라가 첫 줄에 앉았고 저는 그 옆에 앉았는데… 딸들이 뾰로통한 표정을 하더라고요. 하지만 제가 그런 걸 신경이나 쓰겠어요…."

"어휴, 나스쨔. 그런 지루한 얘기를 언제까지 늘어놓을 작정이니!"

"아이참, 아가씨도 참 성미가 급하시네요! 식사를 마치고 식탁에서 물러났죠…. 세 시간 정도 식사를 했던 것 같은데 참 근사한 식사였어요. 디저트로 나온 과자는 블랑망제 젤리였는데, 파란색 젤리, 빨간색 젤리, 줄무늬 젤리…. 여하튼 식사를 하고 나선 술래잡기를 하려고 정원으로 나갔어요. 그런데 젊은 도련님이 거기 나타나시더라고요."

"어머 그래서? 잘생겼다는 말이 맞더니?"

"기가 막히게 잘생겼더라고요. 미남이라고 말해도 지나치지 않아요. 균형 잡힌 체격, 훤칠한 키, 장밋빛이 감도는 두 뺨…."

"그래? 난 안색이 창백할 거라고 생각했는데. 그리고 더 말해 봐. 성격은 어때 보이던? 우울해 보였어? 고민이 있어 보였어?"

"무슨 그런 말씀을요? 저는 태어나서 그렇게 미친 듯이 즐거워하는 분은 처음 봤어요. 저희랑 술래잡기할 생각까지 하시더라고요."

"너희들이랑 술래잡기를 한다고? 말도 안 돼!"

"충분히 말이 된다고요! 게다가 또 무슨 생각을 하신 줄 아세요? 잡히는 사람한테는 키스를 하기로 정하시더라고요."

"너 정말 마음대로 얘기를 지어 내는구나!"

"아가씨 마음대로 생각해도 되지만, 여하튼 전 거짓말을 하는 게 아니에요. 도련님을 피해 다니느라 얼마나 힘들었던지. 도련님은 그런 식으로 하루 종일 저희랑 노셨어요."

"하지만 들리는 말로는 그 사람은 사랑하는 여자가 있어서 다른 여자는 쳐다보지도 않는다던데?"

"그건 모르겠어요. 하지만 저를 지나치게 쳐다보시더라고요. 상점 관리자 딸인 따냐한테도 그랬어요. 꼴비노에서 온 빠샤한테도요. 그리고 죄송한 말이지만, 누구의 마음도 상하게 하시지 않고 정말 장난꾸러기처럼 노셨어요!"

"놀라운 얘기구나! 그런데 그 집 사람들은 그 사람에 대해 뭐라고 말하디?"

"멋진 도련님이라고 말하더라고요. 무척 착하고 명랑한 분이라고도 말했어요. 한 가지 단점이 있다면 아

가씨들 뒤를 따라다니는 걸 너무 밝힌다고 하더라고
요. 하지만 제 생각엔 그건 큰 잘못은 아니에요. 나이
가 좀 들면 착실해지시겠죠."

"그 사람을 한번 보고 싶구나!"

리자가 한숨을 쉬며 말했다.

"그게 뭐 어려운 일이겠어요? 뚜길로보는 여기서
3베르스따밖에 안 되니 그리 멀지 않아요. 그쪽으로
산책을 가시든지 아니면 말을 타고 가 보세요. 그럼
그분과 만나게 되실 거예요. 그분은 날마다 아침 일찍
총을 가지고 사냥길에 나선다고 하니까요."

"아냐, 그건 좋은 생각이 아닌 것 같아. 그렇게 하면
내가 자기를 쫓아다닌다고 생각할 거야. 게다가 아버
지들끼리 다투고 있으니 내가 그 사람과 안면을 튼다
는 건 말이 안 돼…. 아, 나스쨔! 이렇게 하면 어떨까?
내가 시골 처녀 옷을 입고 가는 거야!"

"그렇게 하면 되겠네요. 두툼한 루바쉬까와 사라판
을 입고 뚜길로보로 대담하게 걸어가세요. 제가 장담
하건대 베레스또프 도련님은 아가씨를 절대 그냥 보
내지 않으실 거예요."

"그리고 난 이곳 말씨도 썩 잘 구사하잖아. 아, 나스

쨔, 사랑스러운 나스쨔! 이게 얼마나 멋진 생각이니!"

리자는 이 즐거운 계획을 꼭 실행하겠다고 다짐한 후 잠자리에 들었다.

그녀는 자신의 계획을 바로 다음 날부터 실행하기 시작했다. 시장에서 두꺼운 아마포, 푸른색 중국 무명, 구리 단추 등을 사 오게 한 후 나스쨔의 도움을 받아 루바쉬까와 사라판을 만들었고 하녀들을 모두 불러 모아 바느질을 시켰다. 이렇게 하여 저녁쯤에는 모든 준비가 끝났다.

새로 지은 옷을 입고 거울 앞에 서서 비춰 보니 자신이 이토록 사랑스러워 보인 적은 단 한 번도 없었던 것 같은 느낌이 들었다. 그녀는 자신이 해야 할 역할을 몇 번씩 되풀이하며 연습했다. 걸으면서 허리 굽혀 인사하기, 그런 다음에 점토로 만든 고양이처럼 몇 차례 고개 흔들기, 시골 처녀 말투로 말하기, 소매로 입을 가리고 웃기 등등의 연습은 완벽하게 나스쨔의 칭찬을 받았다. 다만 한 가지 힘든 점이 있었다. 그녀는 맨발로 뜰을 걸어 보려 했지만 잔디가 그녀의 여린 발을 찔렀고 모래와 작은 돌멩이들은 아파서 견디기가 힘들었다. 그런데 이 문제에 대해서도 나스쨔가 도와주었다. 나스쨔는 리자의 발 치수를 잰 후 들판에 있는 목동 뜨로핌에게 달려가서 그 치수로 짚신 한 켤레를 만들어 달라고 주문했다. 리자는 다음 날 해가 밝기도 전에 잠에서 깼다. 집안사람들은 아직 자고 있었다. 나스쨔는 대문에서 목동을 기다렸다. 뿔피리 소리가 들리더니 마을의 가축 떼가 지주 댁 앞을 지나가기 시작했다. 뜨로핌은 나스쨔 앞을 지나가며 조그마하고 알록달록한 짚신 한 켤레를 건네주었고 대가로 50꼬뻬이까를 받았다. 조용히 시골 처녀 옷으로 갈아입은 리자는 미스 잭슨을 어떻게 상대해야 하는지 나스쨔에게 귓속말로 알려준 후 뒷문으로 나가 텃밭을 거쳐 들판을 향해 뛰어갔다.

새벽노을이 동쪽에서 빛나고 있었고 황금 빛 구름은 마치 신하들이 군주를 기다리듯 열을 이루어 해가 떠오르길 기다리고 있었다. 맑은 하늘, 신선한 아침 공기, 이슬, 산들바람 그리고 새들의 지저귐이 리자의 가슴을 어린아이 같은 즐거움으로 가득 채웠다. 아는 사람이라도 마주칠까 봐 걱정이 된 그녀는 걸음을 빨리 했다. 하지만 아버지 소유 영지의 경계선 바로 너머에 있는 숲에 가까워지자 그녀의 발걸음이 조심스

러워졌다. 여기서 알렉세이가 지나가기를 기다려야
했기 때문이다. 왠지 모를 이유로 그녀의 가슴이 세차
게 두근거렸다. 하지만 어린 시절 장난칠 때 생기는
두려움은 그 장난의 중요한 매력이기도 한 법이다. 그
녀는 어스름한 숲 안쪽으로 들어갔다. 낮고 둔하게 울
리는 숲의 소음이 그녀를 맞이했다. 그러자 들뜬 마음
은 사라지고 그녀는 차츰 달콤한 몽상 속으로 빠져들
었다. 그녀는 생각에 잠겼다……. 하지만 열일곱 살의
귀족 아가씨가 봄날 새벽 6시에 숲 속에서 혼자 무슨
생각을 했는지 정확하게 설명할 수 있을까? 어쨌든
그녀는 생각에 잠긴 채 양옆으로 높다란 나무들이 늘
어선 숲길을 걸어갔다. 그때 갑자기 잘생긴 사냥개가
그녀를 향해 짖어 대기 시작했다. 리자는 깜짝 놀라
비명을 질렀다. 그때 '괜찮아, 스보가르, 이리 와…'[7]
하고 말하는 목소리가 울리더니 젊은 사냥꾼이 관목
숲 뒤에서 모습을 드러냈다.

"아가씨, 겁내지 마요. 내 개는 물지 않으니까."

그가 리자에게 말했다.

---

7) 원문은 프랑스어 'Tout beau, Sbogar, ici.…'로 되어 있음.

리자는 놀란 가슴을 이내 진정시킨 후 이 상황을 이용하는 데 성공했다. 그녀는 놀라서 겁먹은 표정을 지어 내며 말했다.

"하지만 나리, 보다시피 이 개는 아주 무섭게 생겼 잖아요. 또 달려들 거예요."

그러는 동안 알렉세이는(독자는 이미 그를 알아보았을 것이다) 젊은 시골 처녀를 빤히 바라보았다.

"그렇게 겁이 나면 내가 바래다주마."

그가 말했다.

"네 곁에서 걸어도 되겠니?"

"안 될 게 있나요? 누구든 자기 뜻대로 할 수 있는 거고 돈이 드는 길도 아니잖아요."

"넌 어디서 왔니?"

"쁘릴루치노에서 왔어요. 제 아버지는 대장장이 바실리예요. 전 버섯을 따러 나왔고요."(리자는 가는 끈이 달린 바구니를 들고 있었다)

"그런데 나리는요? 뚜길로보 사람이세요?"

"그래, 맞다."

알렉세이가 대답했다.

"나는 젊은 도련님의 시종이란다."

알렉세이는 자신과 시골 처녀의 관계를 동등하게 만들고 싶어서 그렇게 말을 했다. 하지만 리자는 그를 잠시 바라본 후 웃기 시작했다.

"거짓말을 하시네요."

그녀가 말했다.

"저를 바보 취급하셨어요. 나리가 바로 젊은 도련님이라는 게 딱 보이는걸요."

"어째서 그런 생각이 들었니?"

"여러 가지로요."

"예를 든다면?"

"제가 나리와 시종을 구분하지 못하겠어요? 옷차림이나 말투가 시종 같지 않아요. 개를 부르는 방식도 이 지역 사람 같지 않고요."

알렉세이는 리자가 점점 더 좋아졌다. 예쁜 시골 처녀들을 격식을 차리지 않고 대하는 것에 익숙해 있던 그는 리자를 껴안으려 했다. 하지만 리자는 그를 뿌리친 후 갑자기 엄격하고 차가운 태도를 취했다. 알렉세이는 그 모습에 웃음이 나왔지만 더 이상 접근을 시도하지는 않았다.

"만일 나리께서 앞으로 저와 친구 관계로 지내고

싶다면 정신 상태를 똑바로 유지하셔야 해요."

그녀가 거드름을 피우며 말했다.

"어디서 그렇게 똑똑한 말솜씨를 배웠지?"

알렉세이가 껄껄 웃으며 물었다.

"혹시 나스쩬까한테서 배운 건 아니니? 그리고 그 아이가 네 주인댁 아가씨의 하녀지? 자, 교양이 이런 경로를 거쳐서 확산되는군!"

리자는 자기 역할에서 벗어날 뻔했다는 느낌이 들어서 곧 원래의 자세로 돌아와서 말했다.

"무슨 생각을 하시는 거예요? 제가 뭐 그 지주 댁에 가 본 적도 없는 줄 아세요? 염려 마세요. 저도 이것저것 많이 보았고 많이 들었답니다."

그녀가 말을 이어갔다.

"하지만 나리와 수다를 계속 떨면 버섯을 하나도 못 따겠어요. 나리는 저쪽으로 가세요. 저는 이쪽으로 갈게요. 그럼 저는 이만…."

리자가 떠나려 하자 알렉세이가 그녀의 손을 잡았다.

"너의 이름은 뭐니?"

"아꿀리나예요."

리자가 알렉세이의 손에서 자기 손가락을 빼내려

고 애쓰며 대답했다.

"가게 해 주세요, 나리. 집에 갈 시간이 됐어요."

"나의 벗 아꿀리나야, 내가 너의 아버지 대장장이 바실리를 꼭 찾아갈게."

"뭐라고요?"

리자가 재빨리 반문했다.

"제발 오지 마세요. 제가 나리와 숲속에서 단둘이 수다를 떤 사실이 알려지면 집에서 혼이 나요. 아버지가 절 죽도록 때릴 거예요."

"하지만 난 너를 꼭 다시 만나고 싶단다."

"그럼 제가 버섯 따러 조만간 여기 다시 올게요."

"언제?"

"뭐, 내일이라도 올게요."

"사랑스러운 아꿀리나, 너에게 여러 번 키스해 주고 싶지만 지금은 그럴 용기가 나지 않는구나. 그럼 내일 이 시간에, 맞지?"

"네, 네."

"날 속이진 않을 거지?"

"안 속여요."

"맹세하렴."

"성(聖)금요일에 두고 맹세할게요. 꼭 올게요."

젊은 남녀는 헤어졌다. 리자는 숲에서 나와 들판을 가로질러 정원으로 숨어 들어간 다음 나스쨔가 기다리고 있는 농원으로 황급히 뛰어갔다. 리자는 거기서 궁금증에 몸이 달아 있는 공모자의 질문에 건성으로 대답하며 옷을 갈아입은 후 거실로 갔다. 식탁에는 아침 식사가 차려져 있었는데, 벌써 하얗게 분칠을 하고 술잔처럼 허리를 꽉 조인 미스 잭슨이 토스트를 얇게 자르고 있었다. 아버지는 이른 아침 산책을 칭찬하며 말했다.

"아침 일찍 일어나는 것만큼 건강에 좋은 건 없단다."

아버지는 백 살 이상 산 사람은 모두 보드카를 입에 대지도 않고 여름이든 겨울이든 새벽에 일어난다고 말하며, 영국 잡지에 실린 장수(長壽)의 몇 가지 예를 언급했다. 리자는 그의 말에 귀를 기울이지 않았다. 그녀는 오늘 아침에 있었던 만남의 모든 상황 그리고 아꿀리나와 젊은 사냥꾼의 모든 대화를 계속 떠올리고 있었기 때문이다. 그러면서 양심의 가책이 느껴지기 시작했다. 자신들의 대화는 예의범절의 경계선을 벗어나지 않았으며 이 장난은 아무 결과도 야기하지 않을 것이라고 공연히 자기 자신에게 항변도 해 보았지만, 양심은 이성보다 더 크게 불만의 목소리를 내고 있었다. 무엇보다도 내일 만나기로 한 약속이 그녀를 더 불안하게 만들었다. 그녀는 자신의 신성한 맹세를 지키지 않아야겠다는 생각까지 들었다. 하지만 알렉세이가 자신을 헛되이 기다리다가 대장장이 바실리의 딸인 곰보에다 뚱뚱보인 진짜 아꿀리나를 찾으러 마을로 올지도 모른다. 그렇게 되면 그가 자신의 경박한 장난을 알아채게 될 수도 있다. 이런 생각이 그녀를 겁에 질리게 했기에 그녀는 다음 날 아침 아꿀리나가 되어 다시 숲에 가기로 결심했다.

한편, 매혹된 감정 상태였던 알렉세이는 온종일 새로 사귄 여자에 대한 생각뿐이었다. 밤에는 까무잡잡한 미녀의 모습이 꿈속에서도 그를 쫓아다녔다. 그는 동이 트기도 전에 옷을 차려입은 후 총에 장전할 겨를도 없이 충직한 스보가르와 함께 들판으로 나가 만나기로 약속한 장소로 달려갔다. 참기 힘든 기다림 속에 30분 정도의 시간이 흘렀다. 마침내 관목 숲 사이에서 푸른색 사라판8)이 어른거리는 것이 보이자 그는 사랑스러운 아꿀리나를 맞이하러 달려갔다. 그녀는 고마움과 기쁨의 감정이 얼굴에 나타난 그에게 미소를 지어 보였다. 하지만 알렉세이는 그녀의 얼굴에 침울함과 불안의 흔적도 있다는 점을 곧 알아채고는 이유를 물었다. 리자는 자신의 행동이 경박하게 느껴져 후회하고 있으며 이번에는 약속을 지키기 위해 나왔지만 이번이 마지막 만남이 될 것이고, 두 사람에게 아무런 득도 되지 않을 이 만남을 이제 그만두자고 말했다. 물론 이 모든 내용을 농사꾼 처녀의 말투로 말했다. 하지만 평범한 시골 처녀의 말로 보기 힘든 이례적인 생각과 감정 표현은 알렉세이를 놀라게 했다. 그는 아꿀리나의 마음을 돌리기 위해 온갖 말로 그녀를 설득했다. 그는 자신의 소망이 순수하다는 점을 그녀가 확신하도록 애썼다. 그녀가 후회하게 될 일은 결코 하지 않을 것이며, 매사에 그녀의 뜻을 따르겠다고 약속하겠으니 이틀에 한 번이든 일주일에 두 번이든 제발 둘이 만나는 것, 즉 자신의 유일한 기쁨은 빼앗지 말아 달라고 간청했다. 그는 진실한 열정의

---

8) 사라판(сарафан): 소매 부분을 따로 마무리 하지 않고 늘어뜨린 러시아의 전통적인 여성 농민 복장.

언어로 말했고 그 순간 정말로 사랑에 **빠져** 있었다. 리자는 잠자코 그의 말을 들었다.

"그럼 약속해 주세요."

마침내 그녀가 입을 열었다.

"저를 찾으러 마을에 오시거나 저에 관해 묻고 다니는 행동은 절대 하지 않겠다고 말이에요. 제가 정한 날 외에는 저와 만나려고 애쓰지 않겠다는 점도 약속해 주세요."

그는 성금요일에 두고 맹세하려 했으나 그녀가 웃으면서 그를 제지했다.

"맹세는 필요 없어요."

그녀가 말했다.

"약속만으로도 충분해요."

그런 후 그들은 리자가 집에 가야 한다고 말할 때까지 함께 숲속을 거닐며 친밀하게 대화를 나누었다. 그들이 헤어진 후 혼자 남은 알렉세이는 이 평범한 시골 처녀가 어떻게 단 두 번만 만나고도 자신의 마음을 휘어잡게 되었는지 이해할 수 없었다. 아꿀리나와의 만남은 그에게 완전히 새로운 매력으로 다가왔다. 그랬기에 이 이상한 시골 처녀의 요구 사항들이

벅차게 느껴졌음에도 불구하고 자기가 한 약속을 지키지 않겠다는 생각은 전혀 하지 않았다. 사실 자신의 운명을 상징하는 듯한 반지를 끼고, 비밀스러운 편지를 보내며, 환멸감을 담은 우울한 표정 등을 짓고 있었지만 실제로 그는 선량하고 열정적인 청년이었으며 순결한 기쁨이 무엇인지 느낄 수 있는 사람이었다.

만일 내가 원하는 대로만 쓴다면, 나는 틀림없이 두 젊은이의 만남, 서로 점점 커져가는 호감과 신뢰감, 그들이 함께한 일과 대화들을 아주 자세하게 묘사했을 것이다. 하지만 내가 그렇게 했을 때 생겨나는 만족감에 대해 대부분의 독자는 공감하지 않을 것이라는 점을 안다. 그런 자세한 묘사는 대체로 너무 달짝지근하게 여겨질 것이므로 여기서는 생략하겠다. 다만 한 가지, 두 달이 채 못 되어 우리의 알렉세이는 정신없이 사랑에 빠졌고 리자 역시 말은 아끼더라도 무심한 태도를 보인 것은 결코 아니었다는 점만 간략하게 말해 둔다. 현재에 만족하며 행복해했던 그들은 둘 다 미래에 대해서는 별로 생각하지 않았다.

서로가 인연인 것 같다는 생각이 종종 두 사람의 머릿속에 떠올랐지만, 그들은 이 문제에 관해서 아무 말도 꺼내지 않았다. 이유는 명백했다. 알렉세이는 사랑스러운 아꿀리나에게 강한 애정을 품고 있었지만 어쨌든 자신과 가난한 농사꾼 처녀 간에 존재하는 거리는 항상 인식하고 있었다. 한편 리자는 아버지들 사이의 적대감이 어느 정도인지 알고 있었으므로 두 분의 화해는 생각해 보지도 않는 상황이었다. 하지만 그녀의 가슴 한편에는 만만치 않은 자존심, 즉 뚜길로보의 지주가 마침내 쁘릴루치노의 대장장이 딸의 발아래 무릎 꿇는 모습을 보고 싶다는 은밀하며 낭만적인 소망이 있었던 것도 사실이다. 그런데 갑자기 중요한 사건이 발생하면서 그들의 관계가 크게 변할 뻔했다.

러시아의 가을엔 흔히 보게 되는 어느 맑고 쌀쌀한 아침에 이반 뻬뜨로비치 베레스또프는 말을 타고 산책에 나섰다. 그는 혹시나 하는 마음에 여섯 마리의 사냥개와 말구종 한 명 그리고 딸랑이를 든 소년 시종 몇 명도 데리고 갔다. 바로 그때 화창한 날씨에 마음을 빼앗긴 그리고리 이바노비치 무롬스끼도 꼬리 자른 암말에 안장을 얹으라고 지시한 뒤 자신의 영국화된 영지 부근을 속보로 출발했다. 숲에 가까이 가자 여우 털로 안감을 댄 까프까스 방식 윗도리를 입고 거만하게 말 위에 올라탄 이웃 사람이 보였다. 소년 시종들이 딸랑이를 울리고 고함을 지르는 상황에서 그 이웃 사람은 토끼가 관목 숲에서 쫓겨 나오기를 기다리고 있었다. 만일 이런 식으로 마주치게 될 것을 미리 알았더라면 무롬스끼는 당연히 다른 길로 갔을 것이다. 하지만 그는 생각지도 못한 채 베레스또프와 마주쳤기에 정신을 가다듬었을 때는 이미 서로가 아주 근거리에 있었다. 어쩔 수 없었다. 무롬스끼는 교양 있는 유럽인답게 자신의 적수에게 다가가 정중하게 인사를 건넸다. 한편 베레스또프는 사슬에 묶인 곰이 조련사들의 명령을 받아 신사들께 절하듯 정성스럽게 답례했다. 이때 숲속에서 토끼 한 마리가 튀어나와 들판으로 달려갔다. 베레스또프와 말구종은 크게 소리를 지르며 개들을 풀어놓은 뒤 그 뒤를 쫓아 전속력으로 말을 달렸다. 무롬스끼의 말은 한 번도 사냥에 나서 본 적이 없었기에 깜짝 놀라서 별안간 내빼기 시작했다. 승마의 달인으로 자처하고 있던 무롬스끼는 말이 달리는 대로 내버려 두면서 한편으로는 불쾌한 대화 상대로부터 자신을 구해 준 이 우연에 내심 만족스러워했다. 하지만 말은 한 번도 와 본 적 없는 골짜기에 이르자 갑자기 옆으로 방향을 틀었고 그 바람에 무롬스끼는 말에서 떨어졌다. 얼어붙은 땅 위로 곤두박질친 그는 꼬리 자른 자신의 암말을 저주하며 한동안 누워 있었다. 암말은 기수가 사라졌다는 사실을 깨닫자 정신을 차린 듯 곧바로 그 자리에 우뚝 섰다. 이반 뻬뜨로비치는 말을 달려온 뒤 혹시 다친 데가 없냐고 물었고, 그의 말구종은 죄를 지은 무롬스끼 암말의 재갈을 잡아끌고 와 무롬스끼가 암말에 오르도록 도왔다. 베레스또프는 그를 자기 집으로 초대했다. 무롬스끼는 자신이 신세를 졌다는 생각에 거절할 수가 없었다. 이렇게 해서 베레스또프는 사냥개가 잡아 온 토끼 그리고 거의 전쟁 포로나 마찬가지인, 다친 자신의 적수를 이끌고 의기양양하게 집으로 돌아왔다.

두 이웃은 상당히 우호적인 분위기로 대화를 나누며 아침 식사를 했다. 무롬스끼는 타박상 때문에 말을 타고 집에 갈 상태가 아니라고 털어놓은 후 마차를 빌려 달라고 청했다. 베레스또프는 현관까지 무롬스끼를 바래다주었는데, 무롬스끼는 베레스또프로부터 다음 날 쁘릴루치노의 자기 집에 점심을 먹으러 들르겠다는 약속을 받아 낸 후에야 떠났다. 이렇게 하여 오래되고 뿌리 깊은 반목은 꼬리 잘린 암말이 겁을 낸 덕분에 멈출 듯싶었다.

리자는 그리고리 이바노비치를 맞이하려고 뛰어나왔다.

"어떻게 된 거예요, 아빠?"

그녀가 깜짝 놀라며 물었다.

"왜 다리를 저세요? 말은 어디 있어요? 그리고 이건 누구네 마차예요?"

"얘야,9) 넌 아마 짐작도 못할 거다."

그리고리 이바노비치는 이렇게 대답한 후 그날 무슨 일이 있었는지 죄다 얘기해 주었다. 리자가 자기 귀를 의심할 정도의 일이었다. 리자가 정신 차릴 여유도 없이 그리고리 이바노비치는 내일 베레스또프 부자(父子)가 식사를 하러 올 거라고 알렸다.

"그게 무슨 말이에요!"

그녀가 얼굴이 창백해지며 말했다.

"베레스또프 댁의 아버지와 아들이 온다니! 내일 우

---

9) 원문은 영어 'my dear'로 되어 있음.

리 집에서 식사를 하러! 안 돼요! 아빠 마음대로 하셔도 되지만, 저는 식사 자리엔 절대 안 나타날 거예요!"

"그게 무슨 말이냐, 너 정신이 나갔니?"

아버지가 딸의 말을 제지했다.

"네가 언제부터 그렇게 수줍음을 탔다고 그러느냐? 아니면 그 집안과 대대로 원한을 품은 무슨 낭만적 여주인공이라도 된 것이냐? 그런 소린 그만두고, 바보 같은 짓 할 생각은 말거라…."

"아니요, 아빠. 어떤 일이 있더라도, 설령 금은보화를 주시더라도 전 베레스또프 사람들 앞에 모습을 보이지 않을 거예요."

그리고리 이바노비치는 딸과 싸워 봤자 아무 소용이 없을 거라는 걸 알았기 때문에 어깨를 으쓱하고는 더 이상의 입씨름은 피했다. 그러고는 이 기념할 만한 산책의 피로를 풀기 위해 쉬러 갔다.

리자베따 그리고리예브나는 자기 방으로 가서 나스쨔를 불렀다. 두 사람은 내일 있을 방문에 대해 오랫동안 논의했다. 만일 내일 방문한 알렉세이가 자기 앞에 앉은 고상한 아가씨가 다름 아닌 아꿀리나라는 걸 알게 되면 무슨 생각을 하게 될까? 그녀의 행동과

법도 있는 몸가짐과 분별력에 대해 어떻게 생각할까? 그런데 다른 한편으로 리자는 그토록 예상 못한 만남이 그에게 어떤 인상을 주게 될지 무척 보고 싶기도 했다…. 그러자 갑자기 어떤 생각이 번뜩 떠올랐고 그 생각을 나스쨔에게 말해 주었다. 두 처녀는 대단한 발견이라도 한 듯 기뻐했고 그 생각을 반드시 실현하기로 마음먹었다.

다음 날 아침 식사를 하면서 그리고리 이바노비치는 딸에게 아직도 베레스또프 부자가 오면 숨어 버릴 생각을 하고 있냐고 물었다.

리자가 대답했다.

"아빠가 원하신다면 그분들 앞에 나서겠어요. 하지만 한 가지 조건이 있어요. 제가 그분들 앞에 어떤 모습으로 나타나든, 무슨 짓을 하든, 절 야단치시면 안 되고 놀라워하거나 불만스러워하는 기색을 보이셔도 안 돼요."

"또 무슨 장난을 치려고 하는구나!"

그리고리 이바노비치가 웃으며 말했다.

"그래, 좋다. 알겠으니 너 좋을 대로 하렴. 이 까만 눈의 장난꾸러기야!"

이 말과 함께 그는 딸의 이마에 키스했고 리자는 준비를 하러 뛰어갔다.

정각 2시가 되자 여섯 필의 말이 끄는 수공 제작 마차가 뜰 안으로 들어와 원형의 담녹색 잔디밭을 한 바퀴 돌았다. 베레스또프 노인은 제복을 입은 두 명의 무룜스끼 집안 하인들의 도움을 받아 현관 계단으로 올라섰다. 말을 타고 뒤따라온 그의 아들도 아버지와 함께 식당으로 들어갔는데, 그곳에는 이미 식탁이 차려져 있었다. 아주 상냥한 태도로 이웃 사람들을 맞이한 무룜스끼는 식사를 하기에 앞서 그들에게 정원과 동물 우리를 구경시켜 주겠다고 제안한 후 정성껏 빗질하고 모래도 깔아 놓은 오솔길로 그들을 안내했다. 베레스또프 노인은 무룜스끼가 이토록 무익하고도 변덕스러운 짓에 노력과 시간을 낭비했다는 점이 불만스러웠지만 예의상 아무 말도 하지 않았다. 그의 아들은 계산적인 아버지의 불만에도, 자부심 강한 영국광의 환희에도 공감하지 않았다. 그는 전부터 수없이 소문을 들었던 무룜스끼의 딸이 나타나기만을 초조하게 기다렸다. 우리도 알다시피 그의 마음은 이미 다른 여자가 차지하고 있었지만, 젊은 미녀라는 존재가 그의 상상의 세계를 자극할 권리 정도는 있지 않았겠는가.

응접실로 돌아온 세 사람은 자리에 앉았다. 노인들은 자기들의 젊은 시절 이야기며 군 복무 시절의 일화들을 떠올렸으며, 알렉세이는 리자가 나타나면 자신은 어떤 역할을 해야 할지 골똘히 생각하고 있었다. 그는 어떤 경우에도 냉정한 무관심을 보이는 게 가장 어울린다고 결론을 내리고는 거기에 맞게 준비를 했다. 문이 열리자 그는 아무리 강단이 있는 요부라도 곧바로 마음이 섬뜩해질 정도의 무관심하고 오만하며 한편으로는 태연한 표정을 지으며 그쪽으로 고개를 돌렸다. 하지만 문이 열리고 들어온 것은 유감스럽게도 그 집 딸이 아니라 분을 하얗게 바르고 허리를 꽉 졸라맨 늙은 미스 잭슨이었으며 그녀가 눈을 내리깔고 살짝 무릎을 굽혀 인사를 하는 바람에 알렉세이의 멋진 전략은 수포로 돌아갔다.

그가 마음을 가다듬을 여유도 없이 문이 다시 열리더니 이번에는 리자가 들어왔다. 모두가 자리에서 일어났다. 무롬스끼는 손님들에게 딸을 소개하려고 하다가 갑자기 말을 멈추고 재빨리 입술을 깨물었다….

까무잡잡한 리자가 하얀 분을 귀까지 듬뿍 바르고 미스 잭슨보다 더 시커멓게 눈썹을 그리고 있었기 때문이다. 그녀가 자신의 진짜 머리색보다 훨씬 밝은색으로 뒤집어쓴 가발은 루이 14세의 가발처럼 곱슬거렸으며 바보 같은 소매는 마담 퐁파두10)가 부풀려 입었던 스커트처럼 불룩했다. 허리는 X 자 형태로 조여져 있었고 아직 전당포에 잡히지 않은 어머니의 모든 보석은 그녀의 손가락과 목과 귀에서 반짝거렸다. 알렉세이는 이 우스꽝스러운 옷차림에 반짝거리는 보석까지 걸친 아가씨가 자기의 아꿀리나일 것이라고는 생각도 못했다. 베레스또프가 다가가 그녀의 손등에 키스하자 알렉세이 역시 짜증은 났지만 아버지를 따라 했다. 그녀의 하얗고 작은 손가락에 접촉이 됐을 때 그녀의 손가락이 떨리고 있다는 점이 느껴졌다. 한편 그녀가 온갖 교태를 부려 꾸민 작은 발을 일부러 스커트 밖으로 내 보이고 있다는 점도 눈에 띄었다. 그 발은 그녀의 나머지 옷차림에 대한 그의 감정을 어느 정도 누그러뜨렸다. 하얀 분이나 진한 눈썹에 대

---

10) 프랑스 루이 15세의 총애를 받았던 여인.

해 말하자면, 솔직히 그는 너무 순진하여 처음에는 그 점을 눈여겨보지 않았고 나중에도 딱히 의심을 품지 않았다.

무롬스끼는 자기가 딸에게 한 약속을 기억하고 있었기에 놀란 기색을 하지 않으려고 애썼지만, 그럼에도 불구하고 딸의 장난이 너무 재미있어서 하마터면 웃음을 터뜨릴 뻔했다. 하지만 격식을 매우 중요시하는 영국 여인은 웃을 마음이 아니었다. 자기 화장대에서 눈썹먹과 분이 도난당했다는 사실을 알게 되자, 인위적으로 하얗게 분칠해 놓은 그녀의 얼굴도 분노로 붉어졌다. 그녀는 그 점을 눈치채지 못한 척하며 아무 설명도 하지 않고 앉아 있는 젊은 말괄량이에게 이글거리는 눈길을 던졌다.

모두가 식탁에 둘러앉았다. 알렉세이는 무관심하면서도 생각에 잠긴 청년 역할을 계속했다. 조신한 태도로 앉아 있는 리자는 노래하듯 입을 오물거리며 프랑스어로만 말을 했다. 아버지는 딸의 의도가 무엇인지 몰랐지만 이 모든 것이 너무 재미있었기에 연신 딸을 흘끔거리며 쳐다보았다. 화가 머리끝까지 오른 영국 여인은 입을 완전히 다물어 버렸다. 오직 이반 뻬뜨로비치만이 마치 제집에 온 듯 편하게 행동했다. 그는 2인분의 음식을 먹어 치우고 술도 흡족하게 마셨는데, 자기가 던진 농담에 스스로 웃기도 하고 점점 더 친밀하게 수다도 떨면서 껄껄 웃기도 했다.

마침내 식사가 끝나고 손님들이 돌아갔다. 그리고 리 이바노비치는 그제야 마음껏 웃으며 질문을 했다.

"넌 어떻게 그렇게나 사람들을 놀릴 생각을 했니?"

그가 리자에게 물었다.

"애야, 너 혹시 알고 있니? 분칠은 너한테 잘 어울리더구나. 내가 여자들의 화장술까지 언급하려는 건 아니지만, 내가 너라면 이제부터 분을 바를 것 같다. 물론 너무 많이는 말고 살짝 말이다."

리자는 자신의 계획이 성공한 것에 신이 났다. 그녀는 아버지를 포옹하며 그의 조언에 대해 생각해 보겠다고 약속한 다음, 분노한 미스 잭슨을 달래려고 뛰어 갔다. 미스 잭슨은 영 내키지 않는 표정으로 문을 열어 준 후 그녀의 변명을 들어 보겠다고 말했다. 리자가 말했다. 모르는 사람들 앞에 이런 까무잡잡한 얼굴로 나타나는 게 창피했다. 하지만 감히 부탁드릴 용기가 없었다…. 착하고 친절하신 미스 잭슨이라면 용서해 주실 것이라고 믿었다…. 그 외 등등…. 미스 잭슨은 리자가 자신을 놀리려고 그랬던 것은 아니었다는 점을 확인하고는 마음이 누그러졌다. 그녀는 리자에게 키스한 후 화해의 징표로 영국산 분 한 통을 선물했다. 리자는 진심으로 고마워하며 그것을 받았다.

독자 여러분도 짐작하셨듯이 리자는 다음 날 아침 지체하지 않고 만남의 숲으로 갔다.

"나리는 어제 우리 주인 댁에 오셨어요?"

리자가 곧바로 알렉세이에게 물었다.

"우리 아가씨 어땠어요?"

알렉세이는 눈여겨보지 않았다고 대답했다.

"유감이네요."

"왜?"

알렉세이가 물었다.

"나리께 물어보고 싶었거든요. 사람들이 뭐라고 하냐면…."

"뭐라고 하는데?"

"제가 아가씨를 닮았다고 하더라고요. 그런데 정말 그렇던가요?"

"무슨 그런 헛소리를! 그 아가씨는 너랑 비교하면

괴물이었어."

"아이, 말이 너무 심하세요. 우리 아가씨는 피부가
엄청 하얗고 옷차림은 또 얼마나 세련되셨는데요! 저
같은 애와는 비교도 안 돼요!"

알렉세이는 피부색이 하얀 그 어떤 아가씨들보다
그녀가 더 예쁘다고 맹세한 후 그녀를 완전히 안심시
키기 위해 주인 아가씨를 아주 우스꽝스럽게 묘사했
는데 그 내용이 너무 웃겨서 리자는 깔깔대며 웃었다.

"하지만 말이에요, 주인 댁 아가씨가 좀 우스워 보
이긴 해도 저는 아가씨에 비하면 글도 못 읽는 바보
랍니다."

그녀가 한숨을 쉬며 말했다.

"아, 그렇군! 네가 서러워하는 이유가 그거였어! 네
가 원한다면 내가 즉시 글을 가르쳐 줄게."

"정말요? 진짜 그렇게 해 주실 수 있겠어요?"

리자가 말했다.

"사랑스러운 아가씨, 원한다면 지금 당장 시작해
도 돼."

그들은 바닥에 앉았다. 알렉세이는 호주머니에서
연필과 수첩을 꺼냈고 아꿀리나는 놀라운 속도로 알

파벳을 익혔다. 알렉세이는 그녀의 이해력에 깜짝 놀랐다. 다음 날 아침 그녀는 글자 쓰는 방법도 익히고 싶어 했다. 처음에는 연필을 제대로 잡는 것조차 서툴렀지만 몇 분 뒤에는 꽤 그럴듯하게 글자를 그리기 시작했다.

"이건 기적이야!"

알렉세이가 말했다.

"랭커스터 방식[11]보다 우리 식으로 공부하는 게 더 빠르구나."

실제로 세 번째 수업에서 「대귀족의 딸 나딸리야」[12]를 읽을 때 아꿀리나는 글자 몇 개를 한꺼번에 짚으며 읽는 솜씨를 보여 주었는데, 읽는 도중에 여러 군데 특정한 표시까지 하며 알렉세이를 깜짝 놀라게 했다. 그녀는 그런 식으로 표시하며 발췌한 경구들로 꽉 채운 종이 한 장을 만들어 냈다.

일주일이 지나자 그들은 편지를 주고받기 시작했

---

11) 영국의 교육학자 조셉 랭커스터(1771~1838)가 창안한 것으로서, 교육자의 강의 후 학생들 간의 상호 보완을 통해 추가 학습을 진행해 나가는 방식.

12) 러시아의 감상주의 작가 니꼴라이 까람진의 1792년 소설 작품.

다. 오래된 참나무 밑동에 뚫린 구멍이 그들의 우체통 역할을 했고 나스쨔는 비밀리에 우체부 노릇을 했다. 알렉세이가 큼지막한 글씨로 쓴 편지들을 가져다 놓으면 그곳에서는 사랑하는 처녀가 평범한 푸른색 종이에 서툴게 쓴 편지가 발견되곤 했다. 아꿀리나의 문체가 향상되어 가는 것이 느껴졌고 지성도 확실히 높아져 갔다.

한편 얼마 전에 시작된 이반 뻬뜨로비치 베레스또프와 그리고리 이바노비치 무롬스끼 간의 관계는 점점 두터워지다가 급기야는 우정으로 변했다. 그렇게 되기까지에는 다음과 같은 사정이 있었다. 무롬스끼는 베레스또프 노인이 사망할 경우 그의 전 재산이 아들인 알렉세이에게 남겨질 것이며, 그렇게 되면 현 내에서 가장 부유한 지주들 중 하나가 될 알렉세이가 자신의 딸 리자와 결혼하지 못할 이유가 전혀 없다고 종종 생각했다. 한편, 베레스또프 노인은 이웃 지주가 이상한 짓(그의 표현으로는 영국식 바보짓)을 한다고 생각하면서도, 보통 사람에게서는 좀처럼 찾기 힘든 추진력과 탁월한 장점들도 꽤 존재한다는 점을 부정하지는 않았다. 무롬스끼는 영향력이 크고 유명하기도 한

쁘론스끼 백작과 가까운 친척 사이였는데, 그 백작은 알렉세이의 앞날을 위해 큰 힘을 보태 줄 수도 있으므로 무롬스끼 입장에서 자기 딸을 알렉세이에게 시집보내는 일을 환영할 것이라는 게 베레스또프 노인의 생각이었다.

두 노인은 날마다 이런 생각을 하다가 마침내 서로의 마음속에 있는 생각을 털어놓고는 포옹했다. 그들은 일을 순서대로 밀고 나가자고 약속한 후 각자 자기 방식으로 일 처리에 나섰다. 하지만 무롬스끼에게는 한 가지 난관이 있었다. 그것은 지난번의 그 기념할 만한 식사 이후 서로 본 적이 없는 알렉세이와 좀 더 친해지도록 딸 벳시를 설득하는 일이었다. 그 두 사람은 서로에게 별로 호감이 없는 것 같았다. 알렉세이는 그날 이후 쁘릴루치노에 전혀 발걸음을 하지 않았으며 리자는 이반 뻬뜨로비치가 방문할 때마다 자기 방으로 숨어 버리곤 했다. 하지만 무롬스끼는 알렉세이가 날마다 자기 집에 오게 되면 벳시도 틀림없이 그를 좋아하게 될 것이라고 생각했다. 세상일이라는 게 다 그렇고 시간이 모든 걸 해결해 준다는 게 그의 생각이었다.

한편 이반 뻬뜨로비치는 자신의 계획이 성공하리라는 점에 대해 별다른 걱정을 하지 않았다. 그는 그날 저녁 당장 아들을 서재로 불러 파이프에 불을 붙인 후 잠시 뜸을 들이다가 입을 열었다.

"알료샤, 어째 요새는 군대에 들어가겠다는 말을 전혀 꺼내지 않는구나? 경기병 군복에 벌써 매력을 잃은 거니…?"

"아니에요, 아버지."

알렉세이가 공손하게 대답했다.

"제가 경기병이 되는 걸 아버지가 싫어하시는 것 같아서요. 아버지 뜻을 따르는 게 도리잖아요."

"옳은 말이다."

이반 뻬뜨로비치가 말했다.

"네가 이토록 효성이 지극하니 나도 안심이 되는구나. 나도 너에게 강요하고 싶진 않다. 뭐 지금 당장 공직을 가지라는 말은… 하지 않겠다. 대신 나는 네가 결혼했으면 좋겠다."

"누구하고요, 아버지?"

놀란 알렉세이가 물었다.

"리자베따 그리고리예브나 무롬스끼하고."

이반 뻬뜨로비치가 대답했다.

"그만한 신붓감도 없지. 그렇지 않니?"

"아버지, 전 아직 결혼 생각이 없어요."

"네가 생각을 안 하니 내가 너 대신 생각에 생각을 거듭한 결과다."

"어쨌든 리자 무롬스끼는 전혀 제 마음에 들지 않아요."

"시간이 지나면 마음에 들게 될 거다. 서로 맞춰 가며 살다 보면 사랑도 생기는 법이란다."

"저는 그 아가씨를 행복하게 해 줄 능력이 없는 것 같아요."

"그 아가씨의 행복에 대헤서까지 네가 고민할 필요는 없단다. 그런데 이건 무슨 태도지? 이게 부모의 뜻을 따르는 태도니? 너 정말 대단하구나!"

"아버지가 어떻게 하시든 저는 결혼하고 싶지 않고, 결혼하지도 않을 겁니다."

"결혼을 안 하겠다면 너를 저주할 거다. 하나님께 맹세코 내 재산을 몽땅 팔아서 전부 써 버리고 너한테는 한 푼도 남겨 주지 않겠다! 사흘 동안 생각할 시간을 줄 테니까 그동안은 내 앞에 나타나지도 말거라."

알렉세이는 아버지가 어떤 생각에 꽂히면 따라스 스꼬찌닌의 표현을 빌려 말해 못으로 쳐도 뽑아낼 수 없다는 것을 알고 있었다. 하지만 알렉세이도 아버지의 성격을 닮았던지라, 아버지가 논쟁으로 아들의 마음을 바꾸는 것 역시 어려운 일이었다. 알렉세이는 자기 방으로 가서 부모가 권위를 앞세울 때 나타나는 한계, 리자베따 그리고리예브나, 자신을 거지로 만들어 버리겠다는 아버지의 엄숙한 선언, 마지막으로 아꿀리나에 대한 생각에 잠겼다. 그러자 그는 자신이 아꿀리나를 끔찍하게 사랑한다는 사실을 처음으로 분명히 깨달았다. 그에겐 시골 처녀와 결혼하여 자기들만의 힘으로 먹고산다는 소설 같은 생각이 떠올랐는데, 그렇듯 단호한 행동을 하겠다는 생각을 하면 할수록 그것이 더욱 분별 있는 행동인 것처럼 느껴졌다.

며칠 째 비가 내렸기에 숲속에서의 만남은 한동안 중단되고 있었다. 그는 아꿀리나에게 가장 분명한 필체와 강렬한 문체로 편지를 쓰면서, 그 편지 속에서 자신들을 파멸에 이끌 정도로 위협하는 불행에 관해 설명하며 바로 청혼했다. 그는 즉시 편지를 우체통, 즉 참나무 밑동의 구멍에 집어넣은 후 매우 흡족한 마음으로 잠자리에 들었다.

다음날 알렉세이는 자신의 결심을 굳게 다진 후 아침 일찍 무룜스끼 댁으로 찾아갔다. 그에게 모든 상황을 솔직하게 설명할 작정이었다. 알렉세이는 무룜스끼의 관대함에 호소하면 그를 자기편으로 만들 수 있을 것이라고 기대하고 있었다.

"그리고리 이바노비치 계신가?"

그는 쁘릴루치노의 저택 현관 앞에 말을 세우며 물었다.

"안 계십니다."

하인이 대답했다.

"나리는 아침 일찍 나가셨어요."

'이거 참 일이 안 풀리는군!'

알렉세이는 이렇게 생각한 후 다시 물었다.

"그럼 리자베따 그리고리예브나는 계시겠지?"

"네, 계십니다."

알렉세이는 말에서 뛰어내려 말고삐를 하인에게 건넨 후 자신이 왔다는 사실을 안에 알리라는 말도 없이 집 안으로 들어갔다. 그는 거실로 다가가며 생각했다.

'다 잘 해결될 거야. 직접 그 여자와 담판을 지어야겠어.'

그는 거실 안으로 들어갔다…. 그리고 그 자리에 얼어붙었다! 리자… 아니 아꿀리나, 저 사랑스럽고 까무잡잡한 아꿀리나가 사라판이 아니라 새하얀 실내용 드레스를 입고 창가에 앉아 그가 보낸 편지를 읽고 있었다. 그녀는 편지 읽는 것에 심취해서 그가 들어온 소리도 못 듣고 있었다. 알렉세이는 기쁨의 탄성이 터져 나오는 걸 억제할 수 없었다. 리자는 흠칫 놀라 고개를 들더니 비명을 지르며 달아나려 했지만 그가 달려가서 그녀를 붙잡았다.

"아꿀리나, 아꿀리나…!"

리자는 그에게서 벗어나려고 발버둥 쳤다.

"절 놔 주세요, 선생님! 정신 나갔어요?"[13]

그녀가 얼굴을 돌려 외면하면서 계속 외쳤다.

"아꿀리나! 내 친구 아꿀리나!"

그가 그녀의 손에 키스하며 되풀이하듯 외쳤다. 이

---

13) 원문은 프랑스어 'Mais laissez-moi donc, monsieur; mais êtes-vous fou?'로 되어 있음.

광경을 목격한 미스 잭슨은 뭘 어떻게 해야 할지 몰라서 보고만 있었다. 이때 문이 열리고 그리고리 이바노비치가 들어왔다.

"아하!"

그가 말했다.

"이제 보니 너희들끼리는 이미 얘기가 잘 정리된 듯싶구나…."

독자분들께서는 결말을 묘사해야 하는 불필요한 의무에서 나를 해방시켜 줄 거라 믿는다.

– 이반 뻬뜨로비치 벨낀 이야기의 끝 –

Alexander Pushkin

「스페이드의 여왕」

스페이드의 여왕

스페이드의 여왕은 비밀스러운 악의를 의미
한다.

- 최신 점술책 중에서

I

찌푸린 날씨가 되면
그들은 종종
함께 모이곤 했다.
카드에 잔꾀를 부리며 - 신께서 그들을 용서하시길!
판돈을 오십에서 백으로
두 배 올려
돈을 따게 되면
분필로
점수를 기록하곤 했다.

찌푸린 날씨가 되면
그들은 이렇게 카드게임에
빠지곤 했다.1)

어느 날 근위 기병 나루모프의 집에서 카드게임이
벌어졌다. 긴 겨울밤이 순식간에 지나간 후 그들은
새벽 5시에 식탁에 둘러앉았다. 이긴 사람들은 왕성
한 식욕을 보이며 먹었지만 나머지 사람들은 망연자
실하게 접시 앞에 앉아 있었다. 하지만 샴페인이 나
오자 대화는 활기를 띠기 시작했고 모두가 대화에
참여했다.

"수린, 자넨 어땠나?"

"잃었네. 늘 그렇지, 뭐. 난 재수가 없는 사람이란
걸 인정해야 할 것 같아. 미란돌2)을 할 때는 절대 흥
분하지 않고 정신을 집중해도 늘 잃기만 한다네!"

"하지만 자네는 한 번도 충동적으로 하진 않았잖

---

1) 뿌쉬낀 자신이 1828년 9월 1일 뱌젬스끼에게 보낸 편지 내용 중에
서 스스로 가져와 에피그라프로 사용한 구절임.
2) 미란돌(мирандоль): 처음에 돈을 건 첫 판 이후에는 다시 액수를
늘려 걸 수는 없도록 하는 카드게임.

아? 같은 패로 잇따라 건 적도 없었지…? 그 의지가 놀라울 따름이네."

"아이고, 게르만은 또 어떤가!"

손님들 중의 한 명이 젊은 공병 사관을 가리키며 말했다.

"자네는 카드를 잡아 본 적도 없고 빠롤리[3]를 해 본 적도 없지만, 그래도 이렇게 새벽 5시까지 앉아서 우리 카드게임을 구경하고 있구면!"

"카드게임이 재미있으니까 지켜보는 거네. 하지만 난 여윳돈을 따려고 꼭 필요한 돈을 희생시킬 처지는 못 되네."

게르만이 말했다.

"게르만은 독일 사람이라서 신중할 뿐이야. 그게 다야."

똠스끼가 지적했다.

"그런데 내가 이해할 수 없는 사람이 한 명 있는데, 그건 내 할머니 안나 페도또브나 백작 부인이야."

"누구라고? 그분이 어쨌기에?"

---

3) 빠롤리(пароли): 판돈을 한 번에 두 배로 걸 수 있는 카드게임 방식.

손님들이 소리쳤다. 그러자 똠스끼가 연이어 말했다.

"난 할머니가 무슨 이유로 카드게임을 끊으셨는지 도통 이해가 안 된다네!"

"그게 뭐가 어때서? 팔십 먹은 노인네가 카드게임을 안 하는 게 뭐가 이상하다는 건가?"

나루모프가 물었다.

"그럼 자넨 내 할머니에 대한 얘기를 전혀 모른다는 건가?"

"몰라! 전혀 모른다네!"

"아, 그럼 들어 보게. 그 전에 먼저 알아 둘 것이 있네. 할머니는 60년 전에 한동안 파리에 체류한 적이 있는데, 거기서 큰 인기를 끌었다네. '모스크바에서 온 비너스'[4]를 보려고 사람들이 줄줄이 쫓아다녔지. 리슐리외[5]도 꽁무니를 따라다녔는데, 할머니 말에 의하면 할머니가 아주 차갑게 대해서 하마터면 권총으로 자살할 뻔했다더군.

당시 숙녀들은 파로라는 도박 카드게임을 즐겼지.

---

4) 원문은 프랑스어 'la Vénus moscovite'로 되어 있음.
5) 리슐리외(Armand-Emmanuel du Plessis, duc de Richelieu, 1766~1822)는 1810~1820년대 프랑스 총리와 육군원수를 역임했던 인물임.

한 번은 할머니가 궁궐에서 오를레앙 공과 파로를 하다가 졌는데 그 일로 인해 그에게 엄청난 돈을 지불해야 할 처지가 되었어. 집에 돌아온 할머니는 얼굴에 붙였던 애교점을 떼고 테를 넣어 부풀린 스커트를 벗은 후, 할아버지께 도박에서 진 얘기를 하며 빚진 돈을 대신 갚으라고 지시했어.

내 기억으론 돌아가신 할아버지는 할머니의 집사나 마찬가지여서 할머니를 불을 보듯 무서워하셨지. 하지만 도박 카드게임에 져서 그렇게 큰 액수를 빚졌다는 얘길 듣고는 이성을 잃으셨어. 할아버지는 주판을 가져와서 반년 동안 두 분이 50만 루블이나 썼다는 점, 파리에는 모스크바 근교나 사라또프 마을의 영지 같은 것은 없다는 점을 설명한 후 도박 빚의 지불을 단호하게 거절했어. 할머니는 할아버지의 뺨을 때린 후 불만의 표시로 혼자 잠자리에 들었지.

다음날 할머니는 자신의 징벌이 효과를 발휘했으리라고 기대하며 남편을 불렀어. 하지만 남편은 꿈쩍도 안 했어. 할머니는 난생처음 할아버지한테 이것저것 얘기하고 설명도 했지. '살다 보면 이런저런 일로 빚을 질 수 있다.', '공작과 마부 간에는 차이가 있다.'

등의 말로 비위를 맞추며 할아버지를 설득하려 했어. 하지만 이런! 할아버지는 버럭 화를 내셨어. '안 된다면 안 되는 거야!' 그렇게 되자 할머니는 어찌할 바를 모르게 됐지.

당시 할머니는 매우 유력한 인사와 가깝게 지내고 있었어. 자네들도 생제르맹 백작[6]이라는 이름을 들어 봤을 거야. 그 사람에 관해서는 여러 가지 기이한 소문이 떠돌았지. 알다시피 그는 자신을 영원한 유대인이라고 칭했고, 불로불사의 영약이니 철학자의 돌이니 하는 것들을 발명했다고 말하며 다니기도 했어. 사람들은 그를 사기꾼이라고 비웃었고 카사노바는 회고록에 그가 스파이였다고 적어 놓았지. 그런데 이런 비밀스러운 점들에도 불구하고 외모가 뛰어나서 그랬던 건지 사교계에서는 꽤 인기가 있었나 봐. 할머니는 지금까지도 그를 미친 듯이 좋아하셔서 그에 대해 무례한 말을 하면 화를 내신다네. 할머니는 생제르맹이 큰돈을 융통할 능력이 있다는 걸 알고 있었어.

---

6) 생제르맹 백작은 18세기 중반의 프랑스인으로, 연금술사이자 모험가로서도 이름을 날렸다.

그래서 그에게 의지하기로 작정하고 편지를 보내서 속히 와 달라고 청했지.

이 늙은 기인이 바로 달려와 보니 할머니의 슬픔은 말로는 표현할 수 없을 정도였어. 할머니는 남편이 야만스러운 인간이라고 소리 높여 부르짖고는 결국은 모든 희망은 생제르맹의 우정과 친절에 달려 있다고 말했어.

생제르맹은 곰곰이 생각해 보다가 이렇게 말했다네. '당신께 그 정도 돈은 드릴 수 있습니다. 하지만 당신은 내게 그 돈을 다 갚을 때까지는 마음이 편하지 않을 겁니다. 나는 당신한테 새로운 걱정거리를 안겨 주고 싶지 않습니다. 다른 방법이 있어요. 빚진 돈을 벌충하면 됩니다.' 그러니까 할머니가 대답했지. '하지만 친절하신 백작님, 우리한텐 돈이 한 푼도 없어요.' '돈은 필요 없습니다.' 생제르맹이 반박했어. '내 말을 들어 보세요.' 여기서 그는 비밀 하나를 가르쳐 주었는데, 그 비밀이 뭔지 알 수만 있다면 우린 무슨 대가라도 치를 수 있을 걸세…."

젊은 노름꾼들의 관심은 두 배로 커졌다. 톰스끼는 파이프에 불을 붙여 한 모금 빨고는 말을 이어갔다.

"할머니는 바로 그날 저녁 베르사유 궁전에서 벌어진 '여왕 게임'[7]에 나타나셨어. 오를레앙 공이 물주였지. 할머니는 빚 갚을 돈을 가져오지 못한 것에 약간의 사연이 있었다고 말하며 가볍게 양해를 구한 후 그를 상대로 노름을 시작했어. 할머니는 석 장의 카드를 고른 후 차례로 걸었지. 할머니는 그 방식으로 해서 이겼고 전날 빚졌던 돈도 그렇게 해서 모두 갚았어."

"그건 우연의 일치야!"

손님들 중 한 사람이 외쳤다.

"동화 같은 이야기군!"

게르만이 말했다.

"그 카드들에 미리 표시를 해 두지 않았을까?"

세 번째 사람이 말을 보탰다.

"나는 그렇게 생각하지 않네."

똠스끼가 호기롭게 말했다. 그러자 나루모프가 말을 받았다.

"원 세상에! 이길 수 있는 카드를 석 장이나 알아맞히는 할머니가 계신데 자넨 아직까지도 그 비법을 듣

---

7) 원문은 프랑스어 'au jeu de la Reine1'로 되어 있음.

지 못했다는 건가?"

"젠장, 그렇게 됐다네."

똠스끼가 대답했다.

"할머니껜 아들이 넷 있었어. 우리 아버지도 그중 하나였지. 네 명 모두 지독한 노름꾼이었어. 그런데 할머니는 그중 누구한테도 비법을 가르쳐 주지 않으셨어. 가르쳐 주셨더라면 아들들한테 그리고 내게도 도움이 되었을 텐데 말이야. 그런데 우리 숙부, 그러니까 이반 일리치 백작이 자신의 명예를 걸고 내게 들려준 얘기가 있어. 돌아가신 차쁠리쯔끼, 그러니까 수백만 루블을 탕진하고 거지가 되어 죽은 그 사람 말이야. 그 사람이 젊은 시절 한때 노름을 하다가 30만 루블을 잃은 적이 있었다더군. 내 기억엔 상대가 조리치[8]였어. 그래서 절망에 빠졌지. 그런데 젊은이들의 경솔한 짓에 대해 항상 엄격했던 우리 할머니가 왠지 차쁠리쯔끼한테는 동정심을 느꼈나 봐. 할머니는 그에게 석 장의 카드를 주면서 한 장씩 차례로 걸

---

8) 세묜 가브릴로비치 조리치는 예까쩨리나 2세 여제의 총신들 중 한 명으로서 카드 도박을 엄청나게 즐긴 사람이었다.

라고 하셨지. 앞으로 다시는 노름을 하지 않겠다는 다짐도 받으면서 말이야. 차쁠리쯔끼는 자기 돈을 딴 자에게 갔고 그들 사이에 노름이 시작됐어. 차쁠리쯔키는 5만 루블을 걸고 첫 번째 카드를 내밀었는데 단번에 이겼어. 그다음에는 돈을 두 배로 올려 걸었고, 그다음에는 또다시 그 두 배로 올렸지. 차쁠리쯔끼는 이런 식으로 해서 잃은 돈을 만회했고 최종적으로 많은 돈을 따게 됐어…."

"그런데 다들 잠자리에 들 시간이 된 것 같군. 벌써 새벽 5시 45분이야."

실제로 이미 동이 트고 있었다. 젊은이들은 술잔을 비운 후 각자 흩어졌다.

2

— 선생께선 확실히 하녀들을 더 좋아하시는 것 같네요.

— 부인, 그들이 더 싱싱한 걸 어쩌겠어요?9)

– 사교계 사람들의 대화

나이 많은 백작 부인 ○○○는 드레스 룸의 거울 앞에 앉아 있었다. 세 명의 처녀들이 그녀를 에워싸고 있었다. 한 명은 볼연지 통을, 다른 한 명은 머리핀 상자를, 또 다른 한 명은 선홍색 리본이 달린 부인용 모자를 들고 있었다. 백작 부인은 오래전에 시들어 버린 자신의 미모를 내세우고 싶은 마음은 조금도 없었지만, 젊은 시절의 습관은 여전히 가지고 있었기에 1770년대의 유행을 엄격히 따랐으며 60년 전과 마찬가지로 오랜 시간 정성껏 옷치장을 했다. 창가에는 그녀가 후견하는 아가씨가 자수용 틀 앞에 앉아 있었다.

"안녕하세요, 할머니."[10]

젊은 장교가 들어오며 말했다.

"안녕하시오, 리자 양.[11] 할머니, 부탁이 있어서 왔

---

9) 원문은 프랑스어 '―Il paraît que monsieur est décidément pour les suivantes. ―Que voulez-vous, madame? Elles sont plus fraîches'로 되어 있음. 뿌쉬낀이 에피그라프로 삼은 이 구절은 실상 뿌쉬낀의 친구인 제니스 다브이도프가 마리야 나르이쉬끼나와 나눈 대화 내용을 뿌쉬낀에게 편지로 알려준 것인데, 다브이도프는 뿌쉬낀이 이 구절을 정확히 기억하여 에피그라프로 삼은 것이 놀랍고 감사하다는 점을 나중에 밝혔음.

10) 원문은 프랑스어 'grand'maman'으로 되어 있음.

11) 원문은 프랑스어 'Bon jour, mademoiselle Lise'로 되어 있음.

어요."

"무슨 일인데, 폴?"12)

"제 친구 중 한 명을 할머니께 소개해 드리고 싶은데, 금요일 무도회에 데려갈 수 있게 허락해 주세요."

"무도회로 바로 데려오렴. 거기서 나한테 소개해 주면 되겠구나. 그런데 너 어제저녁 ○○○ 댁에 갔었니?"

"그럼요! 엄청 재미있었어요. 새벽 5시까지 춤을 추었는데, 옐레쯔까야가 참 매력적이더라고요."

"아이고, 이 녀석아! 그 애가 어디가 매력적이니? 혹시 그 애가 자기 할머니 다리야 뻬뜨로브나 공작 부인만큼 예쁘더냐…? 그런데 참, 다리야 뻬뜨로브나 공작 부인도 많이 늙었겠지?"

"늙다니요?"

뜸스끼가 어리둥절해하면서 물었다.

"그분은 돌아가신 지 7년이나 됐어요."

아가씨가 고개를 들어 청년에게 눈짓했다. 그는 주위 사람들이 백작 부인에게 동년배 노인들의 죽음을

---

12) '폴(Paul)'은 뜸스끼의 이름 '빠벨(Павел)'을 백작 부인이 프랑스식으로 말한 것임.

숨겨 왔다는 사실이 떠올라 입술을 깨물었다. 하지만 백작 부인은 새로운 소식을 듣고도 태연한 태도를 보였다.

"죽었다고?"

그녀가 말했다.

"난 전혀 몰랐는데! 우린 함께 궁중의 여관(女官)에 뽑혔지. 그리고 우리가 입궁했을 때 폐하께서는…."

그러면서 백작 부인은 이미 백 번이나 한 얘기를 다시 손자에게 들려주었다. 잠시 후 그녀가 말했다.

"어쨌든 폴, 내가 일어나도록 좀 도와다오. 그리고 리잔까, 내 담뱃갑은 어디 있니?"

그러더니 백작 부인은 몸단장을 마치려고 처녀들과 함께 칸막이 뒤로 갔다. 똠스끼는 아가씨와 단둘이 남겨졌다.

"당신이 소개하려는 사람이 누군가요?"

리자베따 이바노브나가 조용히 물었다.

"나루모프라는 사람입니다. 그 사람을 압니까?"

"아니요! 그런데 무관인가요, 아니면 문관인가요?"

"무관입니다."

"공병이지요?"

"아닙니다! 기병이에요. 그런데 당신은 왜 그가 공병이라고 생각한 거죠?"

아가씨는 잠시 웃었지만 아무 대답도 하지 않았다.

"폴!"

칸막이 너머에서 백작 부인이 소리쳤다.

"아무 소설이나 하나 가져다 다오. 하지만 요즘 소설은 안 된다."

"무슨 뜻이에요, 할머니?"

"주인공이 아버지나 어머니를 목 졸라 죽이거나 물에 빠져 죽은 사람 얘기가 나오는 소설은 안 된다는 뜻이다. 난 물에 빠져 죽은 사람 이야기는 정말 끔찍하게 싫더구나!"

"요즘엔 그런 소설은 나오지 않아요. 그러니까 요즘 러시아 소설이면 별문제 없겠죠?"

"러시아에도 제대로 된 소설이 있다더냐…? 하여튼 가져와라, 꼭 한 권 가져와."

"할머니, 전 이만 가 볼게요. 급히 가 볼 데가 있어서요…. 이만 실례합니다, 리자베따 이바노브나! 그런데 당신은 왜 나루모프가 공병이라고 생각한 겁니까?"

그렇게 말한 후 똠스끼는 드레스 룸에서 나갔다.

혼자 남은 리자베따 이바노브나는 하던 일을 멈추고 창밖을 내다보기 시작했다. 조금 있으니 길 건너편에 있는 집 모퉁이에서 젊은 장교가 나타났다. 그녀의 두 뺨이 붉어졌다. 그녀는 다시 일감을 손에 잡은 후 자수를 놓던 천 위로 고개를 수그렸다. 이때 옷을 다 차려입은 백작 부인이 들어오더니 말했다.

"리잔까, 마차를 준비하도록 일러라. 산책이나 가자꾸나."

리자는 자수용 틀에서 몸을 일으켜 일감을 치우기 시작했다.

"아니, 뭘 그렇게 꾸물거리니? 귀가 먹었나 보구나! 어서 마차를 준비시키라니까!"

백작 부인이 소리쳤다.

"지금 바로 갈게요!"

아가씨는 조용히 대답하고는 현관으로 뛰어갔다.

하인이 들어오더니 빠벨 알렉산드로비치 공작이 보낸 책 몇 권을 전달했다.

"좋아! 고마운 일이군."

백작 부인이 말했다.

"리잔까, 리잔까! 넌 어딜 그리 뛰어가는 거니?"

"옷 좀 갈아입으려고요."

"시간은 충분하니 여기 앉아라. 첫 번째 책을 펼치고 큰 소리로 읽어 보거라…"

아가씨는 책을 들고 몇 줄을 읽었다.

"더 큰 소리로!"

백작 부인이 말했다.

"대체 무슨 일이냐? 목이 완전히 잠긴 거니…? 잠깐 기다려 봐라. 의자를 이쪽으로 옮겨서 앉으렴. 더 가까이… 그렇지!"

리자베따 이바노브나가 두 장을 더 읽었을 때 백작 부인은 하품을 했다.

"그 책은 집어치워라."

백작 부인이 말했다.

"뭔 헛소리를 써 놓은 건지! 빠벨 공작한테 도로 갖다 드리라고 해라. 고맙다는 말은 전하도록 하고…. 그런데 마차는 어떻게 됐니?"

"준비됐어요."

리자베따 이바노브나가 거리 쪽을 흘끗 쳐다본 후 말했다.

"그런데 넌 왜 아직도 옷을 안 갈아입은 거니? 왜

항상 늑장을 부리는 거야? 정말 참을 수가 없구나."

백작 부인이 말했다. 리자는 자기 방으로 뛰어갔다. 2분도 채 못 되어 백작 부인은 온 힘을 다해 벨을 울리기 시작했다. 세 명의 하녀가 한쪽 문으로, 그리고 다른 문으로는 시종 한 명이 뛰어 들어왔다.

"벨 소리가 안 들리더냐? 왜들 이리 꾸물거려?"

백작 부인이 그들에게 말했다.

"리자베따 이바노브나한테 가서 내가 기다리고 있다고 전해."

리자베따 이바노브나는 품이 넓은 옷에 모자를 쓰고 들어왔다.

"드디어 왔구나!"

백작 부인이 말했다.

"근데 왜 그렇게 멋을 내고 차려입은 거냐? 무슨 목적이니…? 누굴 홀리려고…? 날씨는 어떠냐? 바람이 부는 것 같은데."

"전혀 그렇지 않아요, 마님! 아주 고요해요."

시종이 말했다.

"너희들은 언제나 함부로 지껄이는구나! 곁 창문 좀 열어 보렴. 이것 봐, 바람이 들어오잖아! 쌀쌀하기도 하고! 마차는 물려라! 리잔까, 나가는 건 그만두자. 네가 그렇게 차려입은 것도 부질없는 짓이었어."

'내가 사는 꼴이 이렇구나!'

리자베따 이바노브나는 생각했다.

사실 리자베따 이바노브나는 대단히 불행한 존재였다. 단테가 말한 것처럼 남이 준 빵은 쓰고, 남의 집 현관 계단을 오르기는 힘든 법이다. 하지만 유명 집안의 노파에게 얹혀살고 있는 피후견인의 쓰라린 마음을 누가 알겠는가? ○○○ 백작 부인은 물론 영혼이 사악한 사람은 아니었다. 하지만 사교계의 응석받이로 자라난 여인답게 행동이 제멋대로였고, 젊은 시절에 가졌던 사랑의 감정을 상실한 후 이제는 현실 감각으로부터 멀어진 모든 노인네와 마찬가지로 인색했으며 냉혹한 이기주의에 빠져 있었다. 그녀는 상류사회의 번잡한 일들에 사사건건 간섭했으며 여러 무도회를 돌아다니기도 했는데, 그때마다 붉은색 볼연지를 바르고 구식 의상을 입은 채 홀의 한쪽 구석에 앉아 있곤 했다. 그 모습은 마치 무도회에 없어서는 안 될 기괴한 장식품 같았다. 도착한 손님들은 관례에 따라 그녀에게 다가가 허리를 깊이 숙여 인사를 했지만, 인사를 하고 나서는 아무도 그녀에게 관심을 두지 않았다.

그녀는 도시의 모든 사람을 자기 집에 초대하곤 했지만 예절을 엄격하게 지킨다는 점만 신경 썼을 뿐 손님들 얼굴은 알아보지 못했다. 지금껏 현관방이나 하녀 방에서 살며 뚱뚱해지고 머리가 희끗희끗해진 몇몇 하인들은 죽어가는 노파의 물건을 앞다투어 훔쳐 내어 마음대로 사용했다.

리자베따 이바노브나는 그 집안의 순교자였다. 차를 따라 주면 설탕을 너무 많이 넣었다는 꾸지람을 들었고, 소설책을 큰 소리로 읽어 주어도 작가의 모든 잘못은 그녀 탓이 되었다. 백작 부인의 산책에 따라나서면 날씨나 도로 사정에 대해서도 책임을 져야 했다. 그녀는 급료를 받기로 약정되어 있었지만, 그것이 지급된 적은 한 번도 없었다. 그러면서도 그녀는 다른 사람들처럼, 그러니까 극소수의 사람들처럼 차려입을 것을 요구받았다. 하지만 사교계에서 그녀의 역할이란 극히 초라한 것이었다. 모든 사람이 그녀를 알고 있었지만 아무도 그녀에게 신경 쓰지 않았다. 무도회에서는 춤을 추어야 할 여자가 모자랄 때만 대신 나서서 춤추게 했고, 귀부인들은 옷매무새를 고치러 드레스 룸에 가야 할 때만 그녀의 팔짱을 꼈다. 그녀는 자존심이 강한 여자였고 자신의 처지도 뚜렷하게 알고 있었기에 자신을 구원해 줄 사람을 기대하며 초조한 마음으로 주위를 둘러보곤 했다. 하지만 허영심에 들뜨고 계산적인 젊은이들은 자신들이 목표로 삼아 추근거리던 뻔뻔하고 냉혹한 신붓감들보다 리자베따 이바노브나가 백 배나 더 사랑스러웠음에도 불구하고 그녀에게 관심을 표시하지 않았다. 그녀가 화려하지만 지루한 응접실을 조용히 빠져나와 벽지를 바른 칸막이, 화장대, 작은 거울, 색칠한 침대 그리고 청동 촛대에서 기름 먹인 양초가 희미하게 타고 있는 초라한 자기 방으로 물러가서 눈물을 흘린 것이 몇 번이던가!

이 이야기의 첫머리에서 묘사한 저녁 카드게임이 있던 날의 이틀 후, 다시 말해 우리가 방금 말하다가 멈춘 장면으로부터 일주일 전에 있었던 일이다. 리자베따 이바노브나가 창가에 앉아 수를 놓다가 문득 창밖을 바라봤을 때 어느 젊은 공병 장교가 꼼짝하지 않고 서서 그녀의 창 쪽을 뚫어지게 쳐다보는 모습이 보였다. 그녀는 고개를 숙이고 다시 수를 놓다가 5분 쯤 후에 다시 창밖을 내다보았다. 젊은 공병 장교는 아직 그 자리에 서 있었다. 지나다니는 장교들과 농담을 주고받는 습관이라곤 전혀 없는 그녀는, 밖을 내다보는 일은 그만두고 두 시간쯤 고개를 들지 않은 채 바느질을 계속했다. 점심을 먹으라고 알려 오자 그녀는 일어나서 자수용 틀을 치우기 시작했다. 그러다가 무심코 밖을 내다보았더니 장교가 여전히 거기 서 있는 모습이 눈에 들어왔다. 참 이상하다는 생각이 들었다. 식사를 마친 후 그녀는 다소 불안함을 느끼며 창가로 다가갔다. 하지만 장교는 이미 사라진 뒤였고 그녀는 곧 그 사람에 대해 잊어버렸다….

이틀 후쯤 그녀는 백작 부인과 함께 마차를 타러 집 밖으로 나가다가 그를 다시 보았다. 그는 비버 털 옷깃으로 얼굴을 가리고 바로 현관 앞에 서 있었는데 모자 아래서 검은 눈동자가 반짝거리고 있었다. 그녀는 그 모습을 보고는 깜짝 놀랐고 왠지는 모르겠지만 말로 표현하기 힘든 전율을 느끼며 마차에 올랐다.

집으로 돌아온 후 그녀는 창가로 달려갔다. 장교는 앞서의 그 자리에 서서 그녀를 뚫어지게 바라보았다.

그녀는 호기심에 사로잡혀 창가에서 물러났는데, 생전 처음 느끼는 감정으로 가슴이 두근거렸다.

그때부터 그 젊은이는 하루도 안 빼고 같은 시간에 그녀 집의 창 아래 나타났다. 두 사람 사이에는 암묵적인 관계가 성립되었다. 늘 앉는 자리에 일감을 잡고 앉아 있으면 그가 다가오는 게 느껴졌다. 그러면 그녀는 고개를 들어 그를 바라보았는데, 그를 바라보는 시간은 날이 갈수록 더 길어졌다. 젊은이는 그 점을 고맙게 생각하는 것 같았다. 그녀는 그와 시선이 마주칠 때마다 그의 창백한 뺨이 빠르게 붉어지는 것을 예리하게 느꼈다. 일주일이 지나자 그녀는 그에게 미소를 보냈다….

똠스끼가 백작 부인에게 자신의 친구를 소개하고 싶다고 부탁했을 때 가엾은 처녀의 가슴은 두근거리기 시작했다. 하지만 그녀는 나루모프가 공병이 아니라 기병이라는 사실을 알게 되자, 조심성 없는 질문으로 자신의 비밀을 입 싼 똠스끼에게 내보인 걸 후회했다.

게르만의 아버지는 러시아에 귀화한 독일인으로서 아들에게 얼마 되지 않는 돈을 물려주었다. 확실하게 자립해야겠다고 결심한 그는 이자 수입에는 손을 대지 않고 봉급만으로 살았으며, 들뜬 마음으로 돈을 쓰는 일도 스스로 금했다. 게다가 그는 남에게 마음을 터놓지 않는 성격인 데다 야심을 품은 사람이었기에, 자신의 절약 정신에 대해 비웃을 만한 여지조차 주지 않았다. 그는 강한 열정과 불같은 상상력을 지닌 사람이었지만, 젊은이들이 일반적으로 보이는 잘못된 행동은 자신의 강한 의지를 통해 피할 수 있었다. 예를 들어 그는 타고난 노름꾼이었지만 절대로 카드를 손에 잡지 않았다. 그의 표현을 따르자면 '여윳돈을 따려고 꼭 필요한 돈을 희생시킬 처지는 못 된다'는 계산에서였다. 그러면서도 밤새도록 노름판 곁에 앉아 열병에 걸린 듯 떨며 노름이 진행되는 여러 가지 모습을 지켜보곤 했다.

카드 석 장에 관한 일화는 그의 상상에 강한 영향을 미쳤고 밤새도록 그의 머리에서 떠나지 않았다.

'만일…'

그는 다음 날 저녁 뻬쩨르부르그 거리를 돌아다니며 생각했다.

'만일 백작 부인이 나한테 그 비밀을 가르쳐 준다면

어떻게 될까! 그게 아니면 확실하게 승리가 보장되는 카드 석 장을 내게 가르쳐 주어도 되겠지! 행운을 한 번 시험해 보지 말란 법이라도 있나…? 그 노파한테 접근해서 환심을 사든가, 아니면 정부(情夫) 노릇이라도 하면 어떨까? 하지만 이런 일에는 시간이 오래 걸려. 노파는 여든일곱 살이라서 일주일 후, 아니 이틀 후에라도 죽을 수 있단 말이야…! 그리고 그 일화라는 건 또 어떤가…? 정말 믿어도 되는 얘긴가…? 아니야! 신중, 절제, 근면. 이것만이 내가 믿을 수 있는 패야. 바로 이게 나의 재산을 세 배, 일곱 배로 늘려 줄 것이고 내게 평화와 자립을 안겨 줄 거야!'

이렇게 궁리를 하며 걷다 보니 그는 어느새 뻬쩨르부르그의 주요 거리 중 하나에 있는 고풍스러운 집 앞에까지 와 있게 되었다. 거리는 탈것으로 가득 차 있었고 환하게 불을 밝힌 현관으로는 마차들이 줄줄이 도착했다. 마차에서는 젊은 미녀의 날씬한 다리며, 절그럭거리는 기병 장화며, 줄무늬 스타킹이며, 외교관의 구두 등이 계속해서 빠져나왔다. 모피 코트나 망토를 입은 사람들이 근엄한 문지기 옆을 서둘러 지나갔다. 게르만은 걸음을 멈췄다.

"여기는 누구 댁이오?"

그는 길모퉁이에 서 있는 경찰관에게 물었다.

"○○○ 백작 부인 댁이오."

경찰관이 대답했다.

게르만은 몸을 부르르 떨었다. 그 놀라운 일화가 다시 그의 상상 속에 떠올랐다. 그는 집주인과 그녀의 신비로운 능력에 관해 생각하며 집 주위를 거닐다가 밤늦은 시간이 되어서야 자신의 초라한 숙소로 돌아왔다. 그는 오랫동안 뒤척이다가 잠이 들었는데, 꿈속에 카드들, 녹색 테이블, 빳빳한 지폐 묶음 그리고 수북이 쌓인 10루블짜리 지폐들이 나타났다. 그는 카드 한 장씩 차례대로 돈을 걸다가 과감하게 판돈을 늘려 끝없이 돈을 땄다. 이렇게 긁어모으기 시작한 돈으로 그의 주머니가 가득 찼다. 아침 늦은 시간이 되어서야 잠이 깬 그는 자신의 환상 속 재산이 날아갔다는 점을 아쉬워하며 한숨을 쉬었다. 그는 다시 밖으로 나가 도시를 배회하다가 또다시 ○○○ 백작 부인의 집 앞까지 가고 말았다. 알 수 없는 어떤 힘이 그를 그쪽으로 잡아끄는 것 같았다. 그는 걸음을 멈춘 후 그 집 창문을 바라보기 시작했다. 창문 하나에 검은 머리의 여자가 책 또는 일감인 듯싶은 것에 고개를 숙이고 있는 모습이 보였다. 그녀가 고개를 들자 작고 싱그러운 얼굴과 검은 눈동자가 그의 눈에 들어왔다. 이 순간이 그의 운명을 바꿨다.

3

나의 천사여, 당신은 내가 지난번 편지를 다 읽기도 전에 또 넉 장짜리 편지를 보내시는군요?[13]

– 어느 서신 왕래 내용 중에서

리자베따 이바노브나가 품이 넓은 옷과 모자를 벗자마자 백작 부인은 다시 그녀를 불러오도록 했고 마차도 다시 준비하도록 시켰다. 그들은 마차를 타러 나갔다. 두 명의 하인이 노파를 부축해 마차 안으로 막 밀어 넣는 순간, 리자베따는 마차 바퀴 바로 옆에 서

---

13) 원문은 프랑스어 'Vous m'écrivez, mon ange, des lettres de quatre pages plus vite que je ne puis les lire'로 되어 있음.

있는 그 공병 장교를 발견했다. 그는 그녀의 손을 움켜쥐더니 깜짝 놀란 그녀가 정신을 차리기도 전에 사라졌다. 그녀의 손안에는 편지가 있었다. 그녀는 편지를 장갑 안에 감추었는데, 가는 길 내내 아무것도 들리지도 보이지도 않았다. 백작 부인은 마차를 타고 돌아다니는 동안 이것저것 닥치는 대로 묻는 습관이 있는 사람이었다. '방금 우리가 만난 사람은 누구였니?', '저 다리 이름은 뭐니?', '저 간판에는 뭐라고 씌어 있니?' 등등이 그런 질문이었다.

오늘은 리자베따 이바노브나가 아무렇게나 되는 대로 대답을 했기에 백작 부인은 크게 화가 났다.

"애야, 너 대체 무슨 일이니? 정신이 나간 거니? 내 말이 안 들리는 거니, 아니면 이해를 못하는 거니…? 맙소사, 나도 아직 정신이 멀쩡해서 말을 제대로 하는데 말이야!"

리자베따 이바노브나는 백작 부인의 말에 귀를 기울이지 못했다. 그녀는 집에 도착하자마자 자기 방으로 달려가 장갑에서 편지를 꺼냈다. 편지가 봉투 속에 들어있지는 않았기에 그녀는 단숨에 읽을 수 있었다. 편지는 사랑 고백을 담고 있었는데, 다정하고 정중하게 쓰였으며 몇 마디는 독일 소설에서 차용한 것이었다. 리자베따 이바노브나는 독일어를 몰랐지만 나머지 내용만으로도 매우 만족했다.

하지만 그녀는 한편으로 자기가 받은 편지 때문에 몹시 불안하기도 했다. 난생처음으로 젊은 남자와 비밀스럽고도 밀접한 관계를 가지게 되었기 때문이다. 그의 대담함이 그녀를 겁먹게 만들었다. 그녀는 자신의 경솔했던 행동을 자책했고, 어찌해야 할지 확실한 생각이 떠오르지 않았다. '창가에 앉는 걸 그만둘까?', '무관심하게 대해서 내게 더 접근하고 싶은 마음을 얼어붙게 만들까?', '편지를 되돌려 줄까?', '냉정하고 단호한 답장을 쓸까?' 하지만 그녀에게는 친구도 가정교사도 없었기에 상의할 만한 사람이 전혀 없었다. 어쨌든 그녀는 답장을 하기로 결심했다.

그녀는 책상 앞에 앉아 펜과 종이를 집어 든 후 생각에 잠겼다. 썼다가 지우고 찢어 버리기를 몇 번이나 반복했다. 글투가 너무 공손하게 느껴지기도 했고, 너무 냉혹하게 느껴지기도 했다. 마침내 그녀는 몇 줄을 적은 다음 스스로 만족스러워했다. 그녀는 이렇게 썼다.

저는 당신이 고상한 의도를 가지고 있고 경솔한 행동으로 저를 모욕할 생각도 없다고 믿습니다. 하지만 우리의 만남은 이런 식으로 시작되어서는 안 됩니다. 당신의 편지를 돌려보냅니다. 그리고 앞으로는 당신의 이런 존중받지 못할 행동으로 인해 제가 불편할 일이 없기를 바랍니다.

다음 날, 게르만이 걸어오는 게 보이자 리자베따 이바노브나는 자수용 틀에서 일어나 홀로 나갔다. 그녀는 곁 창문을 연 후 젊은 장교의 민첩성을 기대하며 거리 쪽으로 편지를 던졌다. 게르만은 달려와 편지를 집어 든 후 과자 가게로 들어갔다. 봉투를 뜯자 자신이 보낸 편지와 답장이 나왔다. 자신이 예상했던 대로였다. 그는 다음 계획을 어떻게 진행할지 생각하며 집으로 돌아갔다.

그런 일이 있은 사흘 뒤에 눈치가 빨라 보이는 여성 용품 가게의 여자 점원이 리자베따 이바노브나에게 쪽지를 가져왔다. 리자베따 이바노브나는 어떤 금액 청구서일 것이라 짐작하며 불안한 마음으로 쪽지를 열어 보았지만, 게르만의 필체가 눈에 확 들어왔다.

"이봐요, 아가씨. 잘못 아셨네요."

그녀가 말했다.

"이 쪽지는 나한테 온 게 아니에요."

"아니요, 당신한테 온 게 확실해요! 끝까지 읽어 보세요!"

대담한 여자 점원은 교활한 웃음을 감추지 않으며 대답했다.

리자베따 이바노브나는 서둘러 쪽지를 읽어 내려 갔다. 게르만은 만남을 요구하고 있었다.

"이건 말도 안 돼!"

게르만이 사용한 방식과 성급한 요구사항에 깜짝 놀란 그녀가 말했다.

"이 쪽지는 분명히 나한테 온 게 아니에요!"

그러고는 쪽지를 갈가리 찢었다.

"당신한테 온 게 아니라면 대체 왜 찢은 거죠? 보낸 사람한테 내가 가져가서 되돌려 줄 수도 있잖아요."

여자 점원이 말했다.

"아가씨, 제발!"

여자 점원의 말에 얼굴을 확 붉히며 리자베따 이바노브나가 말했다.

"앞으로는 나한테 이런 쪽지 가져오지 마세요. 그

리고 이걸 보낸 사람한테 가서 부끄러움을 알라고 말
해 줘요….”

하지만 게르만은 멈추지 않았다. 리자베따 이바노
브나는 매일 이런저런 방식으로 그에게서 편지를 받
았다. 그 편지들은 더 이상 독일 소설의 내용을 차용
한 것이 아니었다. 그 편지들은 열정에 사로잡힌 게르
만이 자신만의 언어로 쓴 것이었다. 거기에는 결코 꺾
을 수 없는 욕망과 절제되지 않은 상상력이 자유분방
하게 표현되어 있었다. 리자베따 이바노브나는 더 이
상은 그 편지들을 돌려보낼 생각을 하지 않았다. 그녀
는 그 편지들을 한껏 음미하며 답장도 보내기 시작했
다. 그녀의 답장은 시간이 갈수록 더 길어지고 더 다
정해졌다. 마침내 그녀는 다음과 같은 편지를 써서 창
밖으로 던졌다.

오늘 ○○○ 공사님 댁에서 무도회가 열리는데 백작 부
인도 거기 가실 거예요. 나와 백작 부인은 거기서 새벽 2시
쯤까지 머물 겁니다. 당신과 내가 단둘이 만날 기회가 온
것 같아요. 백작 부인이 출발하면 하인들도 흩어질 게 분
명하고, 현관 앞에는 문지기가 남겠지만 그 사람도 대개

얼마 후 자기 방으로 갑니다. 밤 11시 30분쯤에 오시고 그 다음엔 곧장 계단을 통해 올라가세요. 만일 현관을 통과한 후 누군가와 마주친다면 백작 부인이 집에 계시냐고 물으세요. 안 계신다고 대답하면 어쩔 도리가 없어요. 그럼 그냥 돌아가셔야 합니다. 하지만 누군가와 마주칠 일은 없을 거예요. 하녀들은 모두 한 방에 모여 있으니까요. 현관을 통과한 후 왼쪽으로 방향을 틀어 곧장 가면 백작 부인의 침실이 나옵니다. 침실 안의 칸막이 뒤편으로 가면 문 두 개가 보일 겁니다. 오른쪽 문은 서재로 통하는데 백작 부인이 서재로 들어가는 경우는 전혀 없어요. 왼쪽 문으로 나가면 좁은 나선형 계단이 바로 나오는데 그 계단 끝쯤에서 제 방으로 이어져요.

게르만은 지정된 시간을 기다리며 호랑이처럼 덜덜 떨었다. 밤 10시쯤 그는 이미 백작 부인의 저택 앞에 서 있었다. 날씨는 끔찍했다. 바람이 윙윙거리며 몰아치는 가운데 진눈깨비도 쏟아지고 있었다. 가로등은 침침하게 빛나고 있었고 거리는 텅 비어 있었다. 마차꾼이 늦게 돌아가는 손님들을 태우려고 말라빠진 말을 몰아 가끔 어슬렁거리며 지나갈 뿐이었다. 프록코트만 입고 있던 게르만은 바람도 눈도 못 느끼며 서 있었다. 마침내 백작 부인의 마차가 준비되었다. 게르만은 하인들이 담비 외투로 휘감은 구부정한 노파를 부축해서 나온 걸 보았다. 백작 부인의 뒤쪽에는 얇은 망토를 걸치고 머리에는 생화를 꽂은 피후견인 아가씨가 따라 나왔다. 쾅 소리를 내며 마차 문이 닫힌 후 마차는 연약한 눈길 위를 서서히 미끄러져 갔다. 문지기가 저택의 대문을 닫았다. 창문들이 어두워졌다. 게르만은 썰렁해진 집 주위를 서성거리기 시작했다. 그는 가로등으로 다가가 시계를 보았다. 밤 11시 20분이었다. 그는 가로등 아래 멈춰 선 채 시선을 시곗바늘에 고정시키고 시간이 가기를 기다렸다. 정확하게 11시 30분이 되자 그는 집 현관으로 통하는 층계에 발걸음을 내디딘 후 불이 밝혀진 현관으로 들어갔다. 문지기는 없었다. 현관에는 이와 연결된 방이 하나 있었는데 열어 보니 등잔불 아래 하인 한 사람이 낡고 더러운 의자 몇 개를 붙여서 침대 삼아 자고 있었다. 게르만은 가볍고도 담대한 발걸음으로 그의 옆을 지나갔다. 응접실과 홀은 어두웠는데, 현관 램프에서 흘러나오는 빛만이 어슴푸레하게 그곳을 밝히고 있었다.

게르만은 백작 부인의 침실로 들어갔다. 오래된 성상(聖像)들로 가득 찬 성상 케이스 앞에는 황금으로 만든 등잔에 불이 켜져 있었다. 침실에는 빛이 바랜 연분홍색 안락의자가 놓여 있었고 다른 한쪽에는 금 도금이 벗겨진 소파도 있었는데, 소파에는 푹신한 쿠션들이 올려져 있었다. 안락의자와 소파는 중국식 벽지를 바른 벽 근처에서 서글픈 대칭을 이루고 있었다. 벽에는 파리에서 마담 르브룅[14]이 그린 두 점의 초상화가 걸려 있었다. 그중 하나에는 장밋빛 뺨에 마흔 살쯤 된 통통한 남자가 별이 달린 밝은 녹색 군복을 입고 있는 모습이 그려져 있었고, 다른 하나에는 머리에 장미를 꽂고 관자놀이부터 빗어 올려 분까지 뿌린 매부리코의 젊은 미녀가 그려져 있었다. 방의 구석 여러 곳에는 자기(磁器)로 만든 목동의 모습, 그 유명한 르루아 탁상시계, 각종 상자, 룰렛 게임을 위한 판, 부채, 지난 세기말에 몽골피에르가 만든 열기구 모형 그

---

14) 프랑스의 화가이며 초상화 분야에서도 조예가 있던 인물(1755~1842)로서 러시아 황실 가족의 초상화를 그리기도 했다.

리고 메스머의 자력설과 함께 만들어진 여러 가지 부인용 장난감이 놓여 있었다.

게르만은 칸막이 뒤로 갔다. 그곳에는 작은 철제 침대가 놓여 있었다. 오른쪽 문은 백작 부인의 서재로 통했고, 왼쪽 문은 복도로 통하고 있었다. 왼쪽 문을 열었더니 가엾은 피후견인 아가씨의 방으로 이어질 좁은 나선형 계단이 보였다… 하지만 그는 발길을 돌려 어두운 서재로 돌아갔다.

시간은 천천히 흘러갔고 주위 모든 게 조용했다. 응접실에서 시계가 12시를 쳤다. 같은 순간 방마다 시계들이 잇따라 12시를 알리더니 다시 조용해졌다. 게르만은 차가운 벽난로에 기대어 섰다. 그의 마음은 평온했고 심장 박동도 규칙적이었다. 마치 위험하지만 피할 수 없는 일을 하기로 마음먹은 사람처럼 그는 차분했다. 시계가 1시를 치고 난 후에 다시 2시를 쳤을 때 멀리서 마차 소리가 들려왔다. 그러자 그는 자신도 모르게 흥분 상태가 되었다. 마차가 가까이 오더니 멈추었다. 철커덕 하고 발판 내려지는 소리가 들리자 집 안이 분주해지기 시작했다. 사람들이 뛰어다니고 말소리가 울리더니 집 안에 불이 밝혀졌다. 세 명의 나이 든 하녀들이 백작 부인의 침실로 뛰어 들어왔는데, 같은 순간 기진맥진한 상태의 백작 부인도 들어와서 볼테르식 의자에 털썩 앉았다. 게르만은 문틈으로 살펴보았다. 그때 리자베따 이바노브나가 그의 옆을 지나쳐 갔다. 그녀가 서둘러 계단을 밟는 소리가 들려왔다. 그의 가슴속에서 양심의 가책과 비슷한 무언가가 울리는 듯하더니 금세 다시 가라앉았다. 그의 온몸이 돌처럼 굳어졌다.

백작 부인은 거울 앞에서 옷을 갈아입기 시작했다. 하녀들은 장미꽃 장식이 달린 모자를 그녀의 머리에서 벗긴 후 짧게 깎은 백발 머리에 씌워져 있던 분뿌린 가발도 벗겼다. 머리핀들이 그녀의 주위로 우수수 떨어졌다. 은실로 수를 놓은 노란색 드레스가 그녀의 퉁퉁 부은 발 아래로 흘러내렸다. 게르만은 그녀의 혐오스러운 옷차림에 숨겨진 비밀을 마주한 목격자가 된 것이다. 마침내 백작 부인은 잠옷과 나이트캡 차림이 되었다. 나이에 걸맞은 옷차림을 하자 그녀는 덜 끔찍하고 덜 흉해 보였다.

모든 노인이 그렇듯 백작 부인도 불면증에 시달리고 있었다. 옷을 갈아입은 그녀는 창가의 볼테르식 의

자에 다시 앉은 다음 침실에 있던 하녀들을 모두 내보냈다. 촛불도 다 가져가도록 하자 방 안에는 다시 황금 등잔의 불빛만이 아른거렸다. 불빛을 받아 온몸에 노란색을 띤 백작 부인은 좌우로 몸을 흔들며 축 처진 입술로 무엇인가를 중얼거렸다. 흐리고 탁한 눈빛을 보니 그녀는 아무 생각이 없는 것 같았다. 그녀를 보고 있으니 이 끔찍한 노파가 좌우로 흔들거리는 것은 그녀의 의지에 의해서가 아니라 숨겨 놓은 직류 요법 기계의 작용 때문일 것이라는 생각까지 들었다.

그런데 이 굳어 버린 얼굴에 갑자기 말로 표현하기 힘든 표정 변화가 생겼다. 입술의 움직임이 멈춘 반면 눈빛은 살아났다. 백작 부인 앞에 낯선 남자가 서 있었기 때문이다.

"놀라지 마세요, 제발 놀라지 마세요!"

그는 조용하지만 분명한 음성으로 말했다.

"당신을 해칠 생각은 없습니다. 당신에게 한 가지 간곡한 부탁을 하러 왔을 뿐이에요."

노파는 아무 말 없이 그를 바라보기만 했는데, 그의 목소리가 들리지 않는 듯했다. 그녀가 귀가 먹었다고 생각한 게르만은 입을 그녀의 귀 근처에 대고 같은 말을 했다. 하지만 노파는 여전히 아무 말도 없었다.

게르만은 말을 이어갔다.

"당신은 제 인생에 행복을 가져다줄 수 있는 분입니다. 제게 돈을 쓰실 필요는 없어요. 하지만 저는 당신이 카드 석 장을 차례대로 맞춰 뽑을 수 있다는 건 압니다…."

게르만은 말을 멈췄다. 백작 부인은 그가 어떤 요구를 하는지 이해한 것 같았다. 그리고 그에게 답할 말을 찾고 있는 것 같았다.

"그건 농담이었어."

마침내 그녀가 입을 열었다.

"맹세해! 그건 농담이었다고!"

"그런 건 절대 농담거리가 아니에요!"

게르만은 화가 나서 언성을 높였다.

"노름에서 잃은 돈을 되찾게 당신이 도와준 차뿔리쯔끼에 대해 생각해 보세요."

백작 부인은 당황스러운 듯했다. 얼굴 표정에 심각한 심적 변화가 드러났지만, 잠시 후에는 방금 전의 무감각한 상태로 돌아갔다.

게르만은 계속 말했다.

"그 석 장의 이기는 카드를 알려줄 수 있겠죠?"

백작 부인은 아무 말도 하지 않았다. 게르만은 말을 이어갔다.

"당신은 누구를 위해 비밀을 감추고 있죠? 손자들을 위해서? 하지만 그들은 그 비밀 없이도 원래부터 부유하기 때문에 돈의 가치조차 모릅니다. 낭비벽이 있는 자에게는 당신의 카드 석 장도 도움이 안 됩니다. 부모의 유산을 지킬 능력이 없는 자는 악마가 아무리 도우려 해도 결국 거지로 죽게 됩니다. 저는 낭비하는 사람이 아니에요. 돈의 가치를 압니다. 저는 당신의 카드 석 장을 헛되이 날리진 않을 거예요. 자, 어서…!"

그는 말을 멈춘 후 몸을 떨며 그녀의 대답을 기다렸다. 하지만 백작 부인은 여전히 아무 말도 없었다.

게르만은 무릎을 꿇은 후 말했다.

"만일 언젠가 당신의 가슴이 사랑의 감정을 느낀 적이 있다면, 그 사랑의 희열을 기억하신다면, 갓 태어난 아들의 울음소리에 단 한 번이라도 미소 지은 적이 있다면, 언젠가 당신의 가슴속에 인간적인 그 무엇이 고동친 적이 있다면, 당신에게 애원합니다. 아내로서, 연인으로서, 어머니로서 당신 감정에 그리고 인생의 모든 신성한 것에 호소하며 애원합니다. 저의 부탁을 거절하지 말아 주세요! 비밀을 가르쳐 주세요! 당신한테 그게 무슨 소용이 있습니까…? 어쩌면 그 비밀은 무서운 죄, 영원한 행복의 파멸 그리고 악마와의 계약과 관련된 것일 수도 있겠죠…. 생각해 보세요. 당신은 늙었고 살날도 얼마 남지 않았습니다. 당신이 죄를 지은 게 있다면 저는 기꺼이 내 영혼을 내주고 그걸 짊어지겠습니다. 제게 당신의 비밀만 가르쳐 주면 됩니다. 생각해 보세요. 한 인간의 행복이 당신 손에 달려 있어요. 저뿐만이 아닙니다. 제 자식들과 손자들과 증손자들도 당신을 신성한 추억처럼 기억 속에서 기리며…."

노파는 한마디도 대꾸하지 않았다.

게르만은 일어섰다.

"이런 늙은 마귀 같으니!"

그는 이를 악물고 말했다.

"그렇다면 내가 대답하도록 만들어 주마…."

이 말과 함께 그는 주머니에서 권총을 꺼냈다.

권총을 보자 백작 부인은 두 번째로 강한 심적 변

화를 드러냈다. 그녀는 고개를 끄덕였지만, 한편으로
는 총알을 막기라도 하려는 듯 손을 들어올렸다… 그
러더니 뒤로 나자빠지고는… 꼼짝하지 않았다.

"어린애 같은 짓은 하지 마."

게르만은 그녀의 손을 잡으며 말했다.

"마지막으로 묻는다. 석 장의 카드를 알려주겠나?
그럴 거야, 말 거야?"

백작 부인은 전혀 대답이 없었다. 게르만은 그녀가
죽었다는 것을 깨달았다.

4

도덕률도 없고 신앙심도 없는 인간이여![15]

– 어느 서신 왕래 내용 중에서

리자베따 이바노브나는 아직 무도회 의상을 벗지

---

15) 원문은 프랑스어 'Homme sans mœurs et sans religion!'으로 되어 있
으며 이 서신을 받은 날짜는 18○○년 5월 7일로 되어 있음.

않은 채 자기 방에 앉아 깊은 상념에 잠겨 있었다. 집에 돌아온 그녀는 잠이 덜 깬 하녀가 시중을 들어주겠다고 마지못해 한 말을 물리치고 자기 스스로 옷을 갈아입겠다고 말한 후 떨면서 자기 방으로 들어와 있었다. 그녀의 마음속엔 게르만이 그곳에 있기를 바라는 마음과 없기를 바라는 마음이 함께 존재했다. 그가 없다는 걸 첫눈에 확인한 그녀는 자기들의 밀회를 가로막고 방해한 운명에 감사했다. 그녀는 옷도 갈아입지 않은 채로 앉아서 그토록 짧은 기간 동안 자신을 어떤 감정에 그토록 깊게 빠져들게 만든 모든 정황을 곰곰이 떠올려 보기 시작했다. 창밖에 서 있는 청년을 처음 본 지 3주도 채 지나지 않았을 때 그녀는 이미 그와 편지를 주고받고 있었고, 그렇게 해서 그는 그녀와의 밤중 밀회 약속을 받아냈던 것이다! 그녀는 그가 보낸 몇몇 편지에 쓰인 서명을 통해 그의 이름만 알았을 뿐, 그와 말해 본 적도 그의 목소리를 들어 본 적도 그에 관한 소문을 들어 본 적도 없었다… 바로 이날 밤 전까지는 그랬다. 참으로 이상한 일이었다!

바로 이날 밤 무도회에서 똠스끼는 평소와는 다르게 자신에게 친밀한 태도를 보이지 않는 공작의 젊은 딸 뽈리나에게 화가 나 있었다. 그래서 그는 앙갚음을 하려고 일부러 뽈리나에게 무관심한 태도를 보인 반면, 리자베따 이바노브나에게는 춤을 청해 끝없이 마주르카를 추었다. 리자와 춤을 추는 동안 똠스끼는 그녀가 공병 장교들을 좋아한다고 연신 놀려대며 자신은 그녀가 추측하는 것보다 훨씬 더 많은 것을 알고 있다고 단언했다. 그의 농담 몇 개는 확실히 뭔가를 겨냥하고 있었기에 리자는 그가 자신의 비밀을 알고 있다는 생각까지 들었다.

"그런 건 전부 누구한테서 들었나요?"

그녀가 미소를 지으며 물었다.

"당신도 알고 있는 매우 대단한 인물의 친구한테서 들었습니다!"

똠스끼가 대답했다.

"그 대단한 인물이라는 분이 대체 누구죠?"

"게르만이라고 합니다."

리자베따 이바노브나는 아무런 대꾸도 하지 않았지만 온몸에서 힘이 쭉 빠졌다.

"게르만은 정말 낭만적인 사람이죠. 얼굴은 나폴레옹을 닮았고 영혼은 메피스토펠레스를 닮았다고나

할까요. 제 생각에 그 사람에겐 양심을 거스르는 악행이 최소한 세 가지는 있을 겁니다. 그런데 얼굴이 왜 그리 창백합니까…?"

"머리가 아파서요…. 그런데 그 게르만이라는 사람이, 아니 뭐 이름이야 어쨌든, 당신한테 무슨 말이라도 한 적이 있나요…?"

"게르만은 자신에게 얘기를 해 준 친구의 행동을 아주 싫어해서 자신이 그의 입장이라면 완전히 다른 식으로 행동할 거라고 말하더군요…. 그걸로 미루어 보면 게르만 자신이 당신에게 어떤 마음을 품고 있는 것이 아닌가 하는 생각이 들 정도입니다. 어쨌든 게르만은 사랑에 빠진 친구가 한탄하는 말에 무척 귀를 기울였답니다."

"하지만 그 게르만이라는 사람이 나를 보았던 적이라도 있을까요? 대체 어디서요?"

"교회일 수도 있고, 아니면 산책길일 수도 있겠죠…! 그걸 누가 알겠습니까? 어쩌면 당신이 잠들었을 때 당신 방에 갔을 수도 있죠. 충분히 그럴 만한 사람이니까요…."

그때 세 명의 귀부인이 그들에게 다가와 '깜빡 잊은

건가요, 아니면 아쉬움이 남은 건가요?'16)라고 물었다. 고통스러울 정도로 리자베따 이바노브나의 호기심을 끌기 시작했던 대화는 이로 인해 중단되었다.

똠스끼가 선택한 아가씨는 바로 공작의 딸 뽈리나였다. 그녀는 관례적인 횟수보다 더 많이 빙글빙글 돌며 춤을 추는 동안 그와의 오해를 말끔히 씻는 데 성공했다. 자기 자리로 돌아온 똠스끼는 게르만이나 리자베따에 대해서는 더 이상 생각하지 않았다. 리자베따는 중단된 대화를 어떻게 해서든 다시 시작하고 싶었지만, 마주르카는 끝이 났고 백작 부인도 잠시 후 그녀와 함께 무도회장을 떠났다.

똠스끼의 말은 마주르카를 출 때 동반되는 잡담에 불과할 수도 있었지만, 어쨌든 그의 말은 젊은 아가씨의 가슴속에 깊은 흔적을 남겼다. 똠스끼가 대충 묘사한 모습은 그녀가 생각했던 이미지와 일치했는데, 그 이미지에서 탄생한 비속한 얼굴은 그녀가 최근에 읽은 소설들의 내용과 결합하여 그녀의 상상을 위협하

---

16) 원문은 프랑스어 'oubli ou regret!'로 되어 있음. 무도회에서 춤 상대를 고를 때 주저하는 사람에게 묻는 말임.

고 한편으로는 매혹하기도 했다. 그녀는 아직 꽃 장식을 거두지 않은 머리를 가슴 위로 숙이고 두 팔은 십자형으로 포갠 채 앉아 있었다…. 그때 갑자기 문이 열리고 게르만이 들어왔다. 그녀는 몸을 떨었다.

"아니, 대체 어디 있었어요?"

그녀가 놀란 목소리를 죽여 속삭이듯 물었다.

"백작 부인의 침실에 있다가 지금 막 거기서 나오는 길입니다. 백작 부인은 죽었습니다."

게르만이 대답했다.

"맙소사…! 지금 무슨 말을 하는 거예요…?"

"내가 보기엔, 나도 그 죽음의 원인인 것 같습니다."

게르만이 마저 대답했다.

그의 말을 듣자 똠스끼가 했던 다음의 말이 그녀의 가슴속에서 울렸다. '그 사람에겐 양심을 거스르는 악행이 최소한 세 가지는 있을 겁니다.' 게르만은 그녀 방의 창턱에 앉아 모든 것을 이야기해 주었다.

리자베따 이바노브나는 공포감 속에서 게르만이 하는 말을 들었다. 그녀가 내린 결론은 그가 보낸 정열적인 편지들, 불타듯 격정적인 요구, 대담하고도 끈질긴 구애, 이 모든 것이 사랑이 아니었다는 점이었

다. 돈. 이것이야말로 그의 영혼이 갈구해 온 대상이
었다! 그의 욕망을 충족시키고 그를 행복하게 만들어
줄 수 있는 것은 그녀가 아니었다! 이 불쌍한 피후견
인 아가씨는 자신의 늙은 은인을 살해한 강도의 맹목
적인 공범에 불과한 처지였던 것이다…!

그녀는 이미 때늦은 후회에 고통스러워하며 서럽
게 울기 시작했다. 그는 말없이 그녀를 바라보았다.
그의 마음도 쓰리기는 했지만, 불쌍한 아가씨의 눈물
도, 슬픔에 잠긴 그녀의 놀랄 만큼 매력적인 모습도,
그의 냉혹한 영혼을 흔들지는 못했다. 죽은 노파를 떠
올려도 양심의 가책은 느껴지지 않았다. 자신이 부자
가 될 수 있는 비밀을 영원히 상실했다는 사실 하나
만이 그를 섬뜩하게 만들었다.

"당신은 괴물이에요!"

마침내 리자베따 이바노브나가 입을 열었다.

"백작 부인을 죽일 생각은 없었소."

게르만이 대꾸했다.

"내 권총은 장전도 되어 있지 않았단 말입니다."

그들은 침묵했다.

날이 밝아왔다. 리자베따 이바노브나는 거의 다 타

버린 촛불을 껐다. 희미한 빛이 그녀의 방을 밝혀 주었다. 그녀는 눈물을 닦아 낸 후 게르만을 올려다보았다. 그는 팔짱을 낀 채 험하게 찌푸린 표정으로 창턱에 앉아 있었다. 그 모습은 그녀를 경악하게 만들 정도로 나폴레옹의 초상화와 놀랄 만큼 흡사했다.

"이 집에서 어떻게 빠져나갈 건가요…? 원래는 내가 비밀 계단을 통해 안내해 드릴 생각을 했었는데 그러려면 침실을 통해서 가야 해요. 하지만 난 지금 무서워요."

마침내 리자베따 이바노브나가 말했다.

"비밀 계단이 어디 있는지 말해 줘요. 혼자 나가겠습니다."

게르만이 대답했다.

리자베따 이바노브나는 일어나 서랍장에서 열쇠를 꺼내 게르만에게 주고는 나가는 길을 자세히 알려주었다. 게르만은 그녀의 차갑고도 반응 없는 손을 쥐었다. 그런 다음 수그린 그녀의 머리에 입을 맞춘 후 나갔다.

그는 나선형 계단을 통해 아래로 내려간 후 다시 백작 부인의 침실로 들어갔다. 죽은 노파는 돌처럼 굳은 채 앉아 있었다. 얼굴은 무척 평온했다. 게르만은 그녀 앞에서 걸음을 멈춘 후 마치 무서운 비밀을 확인하고 싶기라도 한 듯 오랫동안 그녀를 바라보았다. 마침내 서재 안으로 들어간 그는 칸막이 벽지를 더듬어 뒤쪽 공간을 찾아낸 후 기묘한 흥분을 느끼며 어두운 계단을 내려가기 시작했다. 어쩌면 60여 년 전 바로 이 시간에 바로 이 계단을 통해 수놓은 까프딴을 입고 머리는 학처럼[17] 빗어 넘긴 젊은 행운아가 삼각 모자를 가슴에 꼭 대고 이 침실에 숨어들었을지도 모른다는 생각이 들었다. 그 행운아는 벌써 오래전에 무덤에 묻혔겠지만 그가 사랑했던 늙은 여인의 심장 박동은 오늘 멈춘 것이다⋯.

게르만은 계단 아래에 있는 문을 찾은 후 리자베따 이바노브나가 준 열쇠로 열고 밖으로 나갔다. 나가 보니 거리로 통하는 복도였다.

---

17) 원문은 프랑스어 'à l'oiseau royal'로 되어 있음.

5

죽은 폰 B○○○ 남작 부인이 그날 밤 나를 찾아왔다.

온통 새하얗게 차려 입은 그녀는 내게 말했다.

"잘 계셨나요, 참사관님!"

– 스웨덴보리[18]

저 운명적인 밤으로부터 사흘 뒤 아침 9시에 게르
만은 죽은 백작 부인의 장례식이 예정되어 있던 ○○
○ 수도원으로 출발했다. 그는 자신의 행위를 후회하
는 마음은 없었지만 '너는 노파를 죽인 자야!'라고 양
심이 꾸짖는 목소리를 완전히 잠재울 수는 없었다. 그
는 진정한 신앙심은 거의 모르고 살아왔지만, 대신 여
러 가지 미신은 믿고 있었다. 그래서 죽은 백작 부인
이 자기 삶에 해로운 영향을 끼칠 수도 있다는 생각
에 그녀의 용서를 구하기 위해 장례식에 참석하기로
한 것이었다.

18) 에마누엘 스웨덴보리(1688~1772)는 스웨덴의 신학자이자 과학자
로서, 몇몇 저작물에서 신비주의적 색채의 영적 경험을 묘사한 바
있음.

수도원은 사람들로 꽉 차 있었다. 게르만은 사람들을 간신히 헤치며 들어갈 수 있었다. 관은 벨벳 덮개를 씌운 값비싼 영구대 위에 놓여 있었다. 관 안에는 레이스가 달린 부인용 모자를 씌우고 흰색 공단 드레스를 입힌 고인의 시신이 두 손을 가슴에 모은 채 누워 있었다. 주위에는 그녀의 식솔들이 빙 둘러서 서 있었다. 검은색 까프딴을 입은 하인들은 애도를 표시하는 문양 리본을 어깨에 두르고 손에는 촛불을 들고 있었다. 자녀들, 손자들, 증손자들 등 유족들은 상복을 잘 차려 입고 있었지만 그들 중 누구도 울고 있지 않았다. 만일 눈물을 조금이라도 흘렸다면 그건 겉치레를 위한 행동이었을 것이다. 백작 부인은 나이가 너무 많았기에 그녀의 죽음에 놀라는 사람은 없었으며, 친척들은 벌써 오래전부터 그녀를 목숨이 거의 다 한 사람처럼 취급해 왔던 것이다. 젊은 주교가 추도문을 읽었다. 그 주교는 추도문에 단순하고도 감동적인 표현들을 사용했으며, 그것을 통해 오랜 세월 동안 조용하고 겸허하게 기독교인다운 죽음을 준비하며 정의로운 삶을 살아왔던 여인의 평화로운 죽음을 묘사했다.

"죽음의 천사가 이분을 발견했습니다."

젊은 주교가 말했다.

"이분은 경건한 명상에 잠겨 한밤의 신랑이 도착하기를 기다리고 있었던 것입니다."

사람들이 고인을 떠나보내는 예를 표시함으로써 장례 의식은 마무리되었다. 먼저 유족들이 고인과 작별 인사를 하러 나왔고, 그다음으로는 오랜 세월 동안 자기들의 덧없는 유흥에 참석해 주었던 이 여인에게 마지막 인사를 하러 온 수많은 조문객이 앞으로 나왔다. 그 뒤로는 집안의 모든 하인과 하녀가 따랐는데, 마지막으로는 고인과 같은 연배의 나이 많은 하녀가 다가왔다. 젊은 하녀 두 명이 그녀를 부축했다. 그녀는 바닥까지 허리를 굽힐 기운은 없었는지 주인마님의 차가운 손에 입을 맞추고는 몇 방울의 눈물을 흘렸을 뿐이다. 눈물을 흘린 건 그녀 한 명뿐이었다.

그녀 다음으로 게르만이 결심한 듯 관 앞으로 나가더니 전나무 가지가 깔린 차가운 마룻바닥에 고개를 박고 몇 분 동안 그대로 엎드려 있었다. 마침내 그는 몸을 약간 일으킨 후 고인처럼 창백한 얼굴로 영구대의 계단을 올라가 다시 고개를 숙였다… 바로 이 순간 죽은 노파가 한쪽 눈을 찡긋거리며 자기를 비웃듯

처다보는 것 같이 느껴졌다. 게르만은 깜짝 놀라 뒷걸음을 치다가 발을 헛디뎌 뒤로 나자빠졌다. 같은 순간 리자베따 이바노브나도 정신을 잃어 수도원 현관으로 실려 나갔다. 이 사건은 음울한 장례 의식의 경건함을 몇 분 동안 혼탁하게 만들었다. 조문객 사이에서는 나지막하게 투덜대는 소리가 퍼지기 시작했는데, 고인과 가까운 친척 사이이기도 한 깡마른 시종은 옆에 서 있는 영국인의 귀에 대고 그 젊은 장교가 백작 부인의 사생아라고 속삭이고 있었다. 그러자 영국인은 냉담하게 '오?'19)라고 대꾸했다.

그 일이 있고 난 후 게르만은 하루 종일 마음이 극도로 혼란스러웠다. 그는 외딴 선술집에서 점심을 먹었는데, 마음의 동요를 잠재울 생각으로 평소와는 전혀 달리 술을 엄청나게 많이 마셨다. 하지만 술은 그의 상상을 더 뜨겁게 자극했다. 집으로 돌아온 그는 옷도 벗지 않고 그대로 침대에 쓰러져 곯아떨어졌다.

그가 잠에서 깨어났을 때는 벌써 한밤중이었다. 달빛이 그의 방을 환하게 비추고 있었다. 시계를 보았더

---

19) 원문은 영어로 'Oh?'로 되어 있음.

니 새벽 2시 45분이었다. 잠이 싹 달아났다. 그는 몸을 일으켜 침대에 걸터앉은 후 백작 부인의 장례식을 돌이켜 보았다.

그때 누군가가 거리에서 그의 창문을 통해 안을 들여다보더니 금방 사라졌다. 게르만은 그 모습에 아무 주의도 기울이지 않았다. 그런데 1분쯤 후에는 현관방의 문이 열리는 소리가 들렸다. 게르만은 자신의 당번병이 밤에 나들이를 나갔다가 평소처럼 술에 취해 돌아온 거라고 생각했다. 하지만 들려오는 것은 낯선 발소리였다. 누군가 실내화를 조용히 끌며 걸어오고 있었다. 문이 열리고 흰옷을 입은 여자가 들어왔다. 게르만은 그녀가 자신의 늙은 유모라고 생각했기에 그녀가 이 시간에 왜 왔는지 놀랐다. 하지만 흰옷의 여자가 미끄러지듯 다가와 불쑥 앞에 섰을 때 게르만은 그 여자가 백작 부인임을 알아차렸다!

"나는 내 의지와는 전혀 상관없이 너한테 왔다."

그녀는 엄숙한 목소리로 말했다.

"너의 부탁을 들어주라는 분부가 내려졌기 때문이다. 3과 7과 에이스를 차례대로 걸면 너는 노름에서 승리할 것이다. 하지만 하루에 한 장 이상을 걸면 안

되고 이후론 일생 동안 절대로 노름을 하면 안 된다는 조건이 있다. 내가 돌보던 리자베따 이바노브나와 결혼한다면 나를 죽게 한 너의 죄는 용서하겠다⋯."

이 말과 함께 그녀는 조용히 몸을 돌려 문가로 가더니 실내화를 끌며 사라졌다. 게르만은 현관문이 쾅 소리를 내며 닫히는 걸 들었고 다시금 누군가가 바깥에서 창문을 통해 자신의 방 안을 들여다보는 모습을 목격했다.

게르만은 한동안 정신을 차릴 수가 없었다. 옆방으로 가 보았더니 당번병은 바닥에 잠들어 있었다. 가까스로 그를 깨웠지만 그는 언제나처럼 취해 있었으므로 그에게서 사리에 맞는 어떤 얘기를 듣는다는 것은 불가능했다. 현관문은 잠겨 있었다. 게르만은 방으로 돌아와 촛불을 켠 후 자신이 본 환상에 대해 적었다.

6

– 기다려!
– 나한테 감히 '기다려'라고 말하다니?

– 각하, 저는 '기다리시길'이라고 말씀드렸습니다!

물질계에서 인간의 두 몸이 동일한 하나의 위치에 놓일 수 없듯이 정신계에서도 고정된 관념 두 개가 함께 존재할 수는 없다. 3과 7과 에이스는 게르만의 마음속에서 죽은 노파의 형상을 곧 가려 버렸다. 3과 7과 에이스는 그의 머릿속을 떠나지 않았고 그의 입술에 항상 맴돌았다. 그는 젊은 아가씨를 보면 이렇게 말했다.

"정말 멋진 몸매군…! 하트 문양의 3과 진짜 똑같아!"

누군가 그에게 시간을 물어오면 그는 "숫자 7에서 5분 전이요."[20]라고 대답했다. 배가 나온 남자들은 모두 그에게 에이스를 연상시켰다. 3과 7과 에이스는 온갖 형태를 취하며 꿈속까지 그를 따라왔다. 3은 그의 앞에서 화려한 꽃처럼 피어났고, 7은 고딕 양식 건물의 대문처럼 나타났으며, 에이스는 거대한 거미의 모습을 띠었다. 그의 모든 생각은 하나로 모였는데, 그건 바로 자신이 그토록 비싼 대가를 치르며 얻은 비

---

20) 6시 55분을 의미함.

밀을 사용해야겠다는 결심이었다. 퇴역을 한 후 여행을 하고 싶다는 생각이 들기도 했다. 파리의 공공 도박장까지 가서 매혹적인 행운의 여신에게 억지로라도 내기를 걸고 싶은 마음도 들었다. 하지만 우연한 기회가 찾아와서 그런 수고를 할 필요가 없어졌다.

모스크바에는 체깔린스끼를 필두로 하는 부유한 노름꾼들의 그룹이 있었다. 체깔린스끼는 평생을 노름판에서 보내면서 자신이 이기면 상대로부터 약속 어음으로 받고 자신이 지면 즉시 현금으로 지불하는 방식으로 수백만 루블의 돈을 모은 사람으로 유명했다. 그는 오랜 세월의 경험을 통해 친구들 사이에서 신용을 쌓았고 개방적인 그의 집 분위기, 유명한 요리사, 친절한 태도와 명랑한 성격 덕에 사람들에게 존경받기까지 했다. 그가 어느 날 뻬쩨르부르그에 왔다. 아가씨들 꽁무니를 쫓거나 평범한 카드를 치러 무도회에 가는 것보다 파로 게임을 더 좋아한 젊은이들은 그의 집에 몰려들었다. 나루모프는 게르만도 그곳으로 데려왔다.

두 사람은 정중한 하인들로 꽉 찬 장엄한 방들을 여러 개 지나갔다. 몇 명의 장군들과 추밀원 참사관들이 휘스트21)를 하고 있었다. 젊은이들은 벨벳 천을 씌운 소파에 편히 앉아 아이스크림을 먹거나 파이프 담배를 피우고 있었다. 응접실에서는 카드게임의 주관자인 체깔린스끼가 긴 탁자에 앉아 카드를 돌리고 있었고, 그의 주위에는 스무 명쯤 되는 노름꾼들이 북적거리고 있었다. 체깔린스끼는 예순 살가량의 남자로서 무척 점잖은 외모였으며 새치가 듬성듬성 섞인 은발이었다. 통통하고 혈색이 좋은 얼굴에는 선량한 성품이 나타나 있었고 언제나 미소를 잃지 않는 두 눈은 생기 있게 빛나고 있었다. 나루모프는 그에게 게르만을 소개했다. 체깔린스끼는 게르만과 다정하게 악수를 한 후 격식 같은 건 차리지 말라고 부탁한 뒤 계속 카드를 돌리기 시작했다.

카드게임 한 판을 하는데 꽤 오랜 시간이 걸렸기에 탁자 위에는 서른 장도 더 되는 카드가 놓여 있게 되었다. 체깔린스끼는 매번 카드를 새로 돌린 후 노름꾼들이 잠시 준비할 시간을 가지도록 해주었다. 또한 그러면서 그들이 잃은 액수를 기록하거나 정중하게 그

---

21) 휘스트: 네 명이 앉아 두 명씩 짝을 이루어 하는 카드게임.

들의 요구사항을 들어 보기도 했는데, 누군가 무심코 카드의 귀퉁이를 접어 놓은 것이 눈에 띄면 더욱 정중한 태도로 그것을 펴 놓곤 했다.

마침내 한 판이 끝났다. 체깔린스끼는 다음 판을 시작하기 위해 카드를 섞었다. 그때 방금 돈을 건 뚱뚱한 신사 뒤편에서 게르만이 손을 내밀며 말했다.

"저도 이 판에 낄 수 있게 해 주십시오."

체깔린스끼는 미소를 지으며 온화한 동의의 표시로 말없이 고개를 끄덕였다. 웃음이 나온 나루모프는 게르만이 오랜 금욕에서 벗어난 것을 축하했고 첫 출발에 행운이 있기를 빌어 주었다.

"돈 걸었습니다!"

게르만이 카드를 한 장 골라 테이블에 뒤집어 내려 놓은 뒤 카드 뒷면에 분필로 거액을 적은 후 말했다.

"얼만가요? 죄송하지만 잘 보이지가 않는군요."

체깔린스끼가 눈을 가늘게 뜨며 물었다.

"4만 7천 루블입니다."

게르만이 대답했다.

그 말에 모든 사람이 고개를 돌려 그를 쳐다보며 시선을 그에게 집중했다.

'이 자식이 미쳤군!'

나르모프가 생각했다.

체깔린스끼는 여전히 미소를 띤 채 말했다.

"한 가지 말씀드릴 게 있는데, 당신은 너무 큰돈을 걸었습니다. 여기서 한번에 275루블 이상을 건 사람은 아직 아무도 없었소."

"그래서 뭐가 문제인가요? 제가 건 금액을 인정하시겠다는 겁니까, 아닙니까?"

게르만이 항의했다.

체깔린스끼는 이번에도 온화한 동의의 표정으로 고개를 끄덕인 후 말했다.

"내가 방금 말씀드리고 싶었던 건, 나는 판에 낀 사람들의 신용을 바탕으로 노름판을 운영하는 사람이기 때문에 현금이 아니라면 카드를 나누어 드릴 수 없다는 겁니다. 나로서야 물론 당신의 말만으로도 충분하다고 확신합니다만, 어쨌든 노름판의 질서를 위해 그리고 계산을 분명하게 하기 위해서라도 카드 위에 현금을 놓아 주길 부탁합니다."

게르만은 주머니에서 은행권을 꺼내 체깔린스끼에게 건네주었다. 체깔린스끼는 그것을 쓱 훑어보고는 게르만이 금액을 써서 준 앞서의 카드 위에 놓았다.

체깔린스끼가 자신의 패를 뽑아 앞에 놓기 시작했다. 그의 오른쪽에는 9가, 왼쪽에는 3이 나왔다.

"내가 이겼습니다!"

게르만이 뒤집어서 놓아두었던 자신의 카드를 들어서 보여 주며 말했다.

노름꾼들 사이에서 수군거리는 소리가 들렸다. 체깔린스끼는 얼굴을 찌푸렸지만 곧 미소를 되찾았다.

"돈은 지금 받겠습니까?"

그가 게르만에게 물었다.

"그렇게 해 주시기 바랍니다."

체깔린스끼는 주머니에서 몇 장의 은행권을 꺼내 즉시 계산을 마쳤다. 게르만은 돈을 받은 후 탁자에서 물러났다. 나루모프는 정신을 차릴 수 없었다. 게르만은 레모네이드 한 잔을 마신 뒤 집으로 향했다.

다음 날 저녁 그는 체깔린스끼의 집에 다시 나타났다. 체깔린스끼가 게임을 주관하며 카드를 돌리고 있었다. 게르만이 탁자로 다가가자 노름꾼들은 즉시 그에게 자리를 만들어 주었다. 체깔린스끼는 그에게 상냥하게 인사했다.

게르만은 다음 판이 시작되기를 기다렸다가 자신이 뽑은 카드 한 장을 뒤집어 내려놓은 후, 그 위에 4만 7천 루블과 전날 딴 같은 액수의 돈을 함께 올려놓았다.

체깔린스끼는 자신의 패를 뽑아 앞에 놓기 시작했다. 그의 오른쪽에는 잭이, 왼쪽에는 7이 나왔다.

게르만은 뒤집어서 놓아두었던 자신의 카드 7을 들어서 보여 주었다.

모두의 입에서 '앗' 소리가 나왔다.

체깔린스끼는 상당히 당황한 듯했다. 그는 9만 4천 루블을 세어 게르만에게 건네주었고 게르만은 그것을 받은 후 즉시 자리를 떴다.

다음 날 저녁 게르만은 또다시 노름 테이블에 나타났다. 모두가 그를 기다리고 있었다. 장군들과 추밀원 참사관들은 듣도 보도 못한 이 특별한 게임을 보려고 하고 있던 휘스트도 그만두었다. 젊은 장교들은 소파에서 벌떡 일어났고 하인들은 모두 응접실로 모여들었다. 모두가 게르만을 둘러쌌다. 다른 노름꾼들은 자기들이 하던 카드게임은 미룬 채 이 게임의 결말만 초조하게 기다렸다. 체깔린스끼의 안색은 창백했지만 여전히 미소를 띠고 있었는데, 게르만은 그를 혼자 상대할 준비를 한 채 테이블 옆에 섰다. 두 사람은 각자 새로운 카드 한 벌씩의 봉인을 뜯었다. 체깔린스끼는 자신의 카드들을 섞었으며, 게르만은 자신의 카드 중 한 장만 뽑아 뒤집어 내려놓은 뒤 은행권 다발로 덮었다. 그것은 결투와도 비슷한 장면이었다. 주위에는 말소리 하나 들리지 않았다.

체깔린스끼가 자신의 카드 패를 뽑아 앞에 놓기 시작했다. 그의 손은 떨리고 있었다. 그의 오른쪽에는 여왕이, 왼쪽에는 에이스가 나왔다.

"내 에이스가 이겼소!"

게르만이 자기 카드를 내보이며 말했다.

"당신의 여왕이 졌군요."

체깔린스끼가 상냥하게 말했다.

게르만은 몸을 부르르 떨었다. 실제로 그가 내민 건 에이스가 아니라 스페이드 문양의 여왕이었다. 그는 자기 눈을 도저히 믿을 수 없었고 자신이 어쩌다가 카드를 잘못 뽑아 놓았는지도 이해되지 않았다.

바로 그때 스페이드의 여왕이 눈을 가늘게 뜨고 비웃는 것이 보였다. 그 모습이 누군가와 기묘하게 닮았다는 점이 그를 놀라게 했다….

"그 노파구나!"

그는 공포에 질려 외쳤다.

체깔린스끼는 자기가 딴 돈을 끌어모았다. 게르만은 꼼짝도 않고 서 있었다. 그가 테이블에서 물러나자 사람들은 큰 소리로 웅성거리기 시작했다.

"기막힌 한 판이었어!"

노름꾼들이 말했다. 체깔린스끼는 다시 카드들을 섞었고 노름은 평소와 같은 순서로 진행되었다.

결말

게르만은 미쳤다. 그는 오부호프 병원의 17호실에 갇혀 있는데, 무엇을 묻더라도 대답은 하지 않고 아주 빠른 속도로 '3, 7, 에이스!', '3, 7, 여왕!'이라는 말만 중얼거릴 뿐이다.

리자베따 이바노브나는 매우 다정한 청년과 결혼했다. 그는 어느 관청에 근무하고 있으며 재산도 꽤 가지고 있다. 그는 전에 노백작 부인 댁에서 집사 일을 했던 사람의 아들이다. 리자베따 이바노브나는 가난한 친척 소녀를 맡아서 키우고 있다.

뚐스끼는 기병 대위로 승진했는데 공작의 딸 뽈리나와 결혼해서 살고 있다.

뿌쉬낀의 삶과 문학세계

알렉산드르 세르게예비치 뿌쉬낀(Александр Сергеевич Пушкин)은 1799년 5월 26일(현재의 달력으로는 6월 7일) 모스크바에서 귀족 가문이자 군인인 아버지 세르게이 르보비치 뿌쉬낀(Сергей Львович Пушкин, 1770~1848)과 역시 귀족 가문 출신인 나제쥐다 오시뽀브나 한니발(Надежда Осиповна Ганнибал, 1775~1836) 사이에서 태어났다. 아버지는 20대 중반의 나이에 군 입대 후 1817년에 퇴역하고 1848년에 사망할 때까지 자신이 600여 년의 전통을 지닌 귀족 가문 사람이라는 점에 자긍심을 가지며 살았다. 한편 어머니의 조상은 아프리카 에티오피아의 왕실인 한니발 가문 사람이었는데, 그는 1700년대 초까지 오스만-투르크의 본거지 비잔티움에 억류되어 있다가 뾰뜨르 대제의 지시로 파견된 특사가 1706년에 러시아로 데려온 인물이었다. 이후 그는 뾰뜨르 대제의 총애를 받아 장군 직위에까지 이르렀으며, 그의 후손들도 러시아 땅에서 성공적으로 가문을 일구었다. 뿌쉬낀의 살짝 거무스름한 얼굴색과 곱슬머리는 이러한 외가 쪽 혈통에 기인한 것인데, 뿌쉬낀은 이 점을 오히려 자랑스러워했음이 훗날 그가 쓴 「뾰뜨르 대제의 흑인」이라는 글에 나타나 있다. 뿌쉬낀에게는 한 명의 누나와 세 명의 남동생이 있었다.

낭비벽이 있었던 어머니와 경박한 성격의 아버지는 사이가 좋지 않았다. 하지만 아버지는 문학에 관심이 있었고 큰 아버지인 바실리 르보비치도 유명 시인이었기에 뿌쉬낀 집안의 서재에는 여러 종류의 책이 많이 있었다. 그래서 문학에 관심이 있던 당시의 유명 인사들이 그의 집을 방문하곤 했으며, 뿌쉬낀 역시 어린 나이부터 이 책들을 읽으며 문학적 소양을 키워 나갔다. 그 당시 러시아는 이미 18세기 후반부터 프랑스 문화의 영향을 강하게 받고 있었기에 뿌쉬낀의 가정교사도 프랑스인이었고, 뿌쉬낀 자신이 탐독한 책들 중 적잖은 것도 당대 프랑스 문화를 토대로 쓰인 것들이

었다. 이로 인해 당시 여느 귀족의 자제들처럼 뿌쉬낀
이 집에서 구사하는 언어도 상당 정도는 프랑스어였
다. 하지만 외할머니 마리야 알렉세예브나와 유모 아
리나와의 대화 덕분에 뿌쉬낀은 러시아어를 잊지 않을
수 있었고 러시아의 민담과 전통도 자연스럽게 익히게
되었는데, 이는 이후 뿌쉬낀이 러시아인들의 정신세
계와 고유문화를 작품 속에 표현할 수 있는 토대가
되었다. 2세 때인 1801년부터 11세 때인 1810년까지
뿌쉬낀은 외할머니를 대동하여 모스크바 인근의 여러
지역에 있는 별장을 간간이 방문하며 여름을 보내곤
했는데, 그곳에서 접한 프랑스식 건축물과 외할머니
와의 즐거운 대화는 프랑스 문화와 러시아 문화의 양
쪽에서 그에게 영향을 주었다.

　1811년 10월 19일, 뿌쉬낀은 제정 러시아의 수도인
뻬쩨르부르그 외곽에 있는 '짜르스꼬예 셀로(Царское
село)'의 귀족 기숙학교 '리쩨이'에 입학했다. 귀족 자
제들에게 최상의 교육을 제공하여 중요 관직에 이르
게 하는 것이 설립 목표였던 이 학교는 3년의 초급
과정과 이후 3년의 상급 과정으로 구성되어 있었는데,
뿌쉬낀은 여기서 6년 동안 수학한 후 1817년 6월에

졸업했다.

리쩨이 재학 시기의 뿌쉬낀은 다혈질인 성격과 방만한 생활 태도로 인해 교사들의 지적을 받기도 했으나, 이미 어릴 때부터 무르익어 온 글쓰기 능력과 방대한 독서량만큼은 모든 이의 관심을 받기에 충분했다.

1815년, 상급반으로 진학하기 위한 시험장에서 원로 시인 제르좌빈을 앞에 두고 낭송한 「짜르스꼬예 셀로에 대한 회상(Воспоминания в Царском Селе)」을 비롯하여 그가 소년으로서 쓴 여러 습작 시는 차츰 입소문을 타고 여러 시인의 관심 대상이 되었다. 이 덕분에 그는 17세인 1816년에 문학 동호회 '아르자마스(Арзамас)'의 회원으로 받아들여졌다.

1817년에 리쩨이를 졸업한 뿌쉬낀은 그해 바로 외무성에 들어갔으나, 그곳의 업무는 자신의 인생 목표 달성과는 상당한 거리가 있었다. 이에 낙담한 그는 3년간 무절제한 생활과 음주에 빠져 지냈지만, 그렇다고 창작을 그만둔 것은 아니었다. 1817년 리쩨이 재학 시기부터 쓰기 시작해 1820년 3월에 탈고하고 5월에 발표한 「루슬란과 류드밀라(Руслан и Людмила)」는 러시아적 색채가 강한 영웅 서사시로서, 뿌쉬낀이 상당 정도 독창성 있는 작품을 쓸 수 있게 되었다는 점을 증명했다. 이 작품은 러시아에 낭만주의의 도래를 알렸다는 문학사적 평가를 받기도 한다. 이 작품을 읽고 감동한 시인 주꼽스끼가 자신의 초상화에 '패배한 스승이 승리한 학생에게(Победителю-ученику от побеждённого учителя)'라고 적어 뿌쉬낀에게 선물했다는 것은 유명한 일화이다.

이외에도 「자유(вольность)」, 「차다예프에게(К Чаадаеву)」 등 자유주의적 색채를 띠고 전제 정치 체제에 저항하는 시들을 발표하면서 그는 상당한 영향력을 발휘하게 되었으나, 이로 인해 정부에 의해 요주의 인물로 꼽히게 되었고 결국 러시아 남부의 예까쩨리노슬라프로 유배되었다.

뿌쉬낀의 인생 역정에서 일반적으로 남부 유배 시기라고 불리는 1820년부터 1824년까지 기간에 뿌쉬낀은 여러 지역을 거치며 유배 생활을 했다. 요주의 인물로 낙인 찍혔지만 다행히 그를 관대하게 대해 준 인조프 장군의 배려로 라옙쓰기 장군 가족과 함께 까프까즈 지역 그리고 베사라비야의 수도 끼쉬뇨프까지 둘러볼 수 있었다. 뿌쉬낀은 러시아 중심부로부터 멀리 떨어진 이 지역들을 둘러보며 이국적인 모습에 매료된 상태에서 낭만적인 창작열을 키워 나 갔다. 「까프까즈의 포로(Кавказский пленник)」와 「바흐 치사라이의 분수(Бахчисарайский фонтан)」는 이 시기에 창작된 것으로서 영국 시인 바이런의 영향을 받은 작품이었으며, 1823년에 오데사로 옮겨 간 후 쓰기 시작한 「집시(Цыганы)」는 바이런에서 다소 탈피한 자 신만의 낭만주의적 색채를 여실히 보여 주는 작품이 었다. 뿌쉬낀의 대표작 중 하나인 시로 된 소설 「예 브게니 오네긴(Евгений Онегин)」을 쓰기 시작한 것도 오 데사에 머물던 1823년이다.

하지만 오데사에서 새롭게 그의 상관이 된 보론쪼 프 장군은 이전의 인조프 장군만큼 관대하지는 않았 다. 정부에서 지시 받은 대로 뿌쉬낀의 행동을 철저하 게 감독하고자 했던 보론쪼프 장군은 그의 편지들 속 에서 무신론적 구절을 발견하고 이를 정부에 보고했 다. 이로 인해 1824년 7월, 그는 남부 지역을 떠나 러 시아의 북서부에 있는 어머니의 영지 미하일롭스꼬 예(Михайловское)에서 그곳 책임자의 감독을 받으라는 새로운 유배 지시를 받게 된다.

앞서 러시아 남부 여러 곳을 전전한 유배형 후에

다시 이곳까지 유배되어 온 아들에게 아버지는 냉담한 태도를 보였기에 부자가 대화를 나눌 기회는 거의 없었다. 미하일롭스꼬예에 머물고 있던 가족은 결국 그해 11월에 뿌쉬낀을 내버려 두고 뻬쩨르부르그로 떠났다. 하지만 이 힘든 상황에도 뿌쉬낀은 계속 창작열을 이어 나갔는데, 시인의 숭고한 사명을 표현한 시 「예언자(Пророк)」를 이때 썼다. 이 시기 그는 남부 유배 시절 자신에게 강한 영향을 미쳤던 바이런의 낭만주의에서 완전히 벗어나 자신의 낭만주의 작품 세계를 개척하기 시작했고, 아울러 한편으로는 러시아 역사에 대한 관심도 키워 나가기 시작했다.

미하일롭스꼬예에 유배 중이었던 1825년 12월, 러시아 수도 뻬쩨르부르그에서는 전체 정치 철폐를 외치는 지식인, 장교, 문인들을 중심으로 '제까브리스트들의 반란(Восстание декабристов)'이 발생했는데, 반란 가담자 중 다섯 명은 교수형에 처해지고 나머지 상당수는 시베리아 유형에 처해졌다. 미하일롭스꼬예에 유배되어 있던 뿌쉬낀은 당연히 이 반란에는 가담하지 않았으나 반란 관련자들 중 일부가 1825년 초반에 그를 방문했다는 사실이 나중에 드러나, 결국 1826년 9월 니꼴라이

1세 황제에 의해 모스크바로 소환되었다.

뿌쉬낀은 서둘러 모스크바로 향했지만 그를 불러들인 황제의 의도는 사면이 아니라, 그를 자신에게서 멀리 떨어지지 않은 곳에 묶어 두고 감시하면서 그와 같은 유명 시인이 자신에게 복종하고 있다는 인상을 주기 위함이었다. 이 때문에 황제는 뿌쉬낀에게 "앞으로는 분별 있게 행동하기를 바라네."라고 부드럽게 일침만 놓았지만, 뒤로는 곧바로 다른 신하에게 뿌쉬낀의 행동을 잘 감시하라고 은밀하게 지시를 내렸다.

뿌쉬낀은 이 시기부터 본격적으로 러시아 역사에 대한 생각을 표현하는 작품도 쓰기 위해 노력했다. 21년간의 북방 전쟁(1700~1721) 동안 뾰뜨르 대제가 이끈 러시아가 스웨덴을 물리친 업적을 찬양한 「뽈따바(Полтава)」(1829년 발표)는 다분히 전제 군주제를 찬양하는 듯한 인상을 주었다. 이 내용에 실망한 일부 독자들은 뿌쉬낀이 변절했다고 생각했으나, 다른 독자들은 뿌쉬낀이 다시금 보여 주기 시작한 창작 능력에 더 큰 관심을 보였다.

모스크바로의 귀환 후 머리가 복잡해진 뿌쉬낀은 1828년 12월 무도회에서 만난 16세의 아가씨 나딸리야 곤차로바에게 매료되었다. 그녀의 미모에 넋을 잃은 뿌쉬낀은 이듬해 봄에 그녀에게 청혼했으나, 거만한 성격의 나딸리야는 몇 번의 거듭된 구애에도 불구하고 그의 청혼을 거절했다. 여기에는 뿌쉬낀이 정치적으로 위험한 인물이라는 나딸리야 어머니의 입김도 작용했다. 이에 낙담한 뿌쉬낀이 마음을 정리하기 위해 몇 번에 걸친 국내 여행을 한 후 돌아온 1830년에야 비로소 나딸리야는 결혼에 동의했다. 그런데 허영심에 낭비벽까지 있는 나딸리야와의 결혼 생활을 정상적으로 이끌어가기 위해서는 어느 정도의 돈을 마련해야 했다. 이에 뿌쉬낀은 결혼 결정 소식을 기뻐한 아버지가 물려주겠다고 약속한 볼지노(Болдино)의 영지로 떠났다.

1830년 9월 3일, 뿌쉬낀은 볼지노에 도착했으며 아버지가 물려줄 영지와 관련된 문제를 한 달 내로 처리하고 결혼 준비를 위해 모스크바로 돌아갈 계획을 세운다. 하지만 이 시기에 볼지노를 포함한 인근 지역을 덮친 콜레라에 발이 묶여 어쩔 수 없이 석 달이나 볼지노에 머물게 된다.

하지만 답답했던 이 석 달은 오히려 뿌쉬낀의 창작

인생에서 가장 풍요한 결실을 맺은 기간이 되었다. 전화위복이 된 셈이다. 이 기간에 그는 세 편의 희곡으로 구성된 희곡집 「작은 비극들(Маленькие трагедии)」과 「엘레지(Элегия)」, 「잠 안 오는 밤에 쓴 시(Стихи, сочинённые ночью во время бессонницы)」 등 탁월한 서정시들에 「고(故) 이반 뻬뜨로비치 벨낀의 이야기(Повести Покойного Ивана Петровича Белкина)」라는 제목의 단편까지 썼으며 「예브게니 오네긴」의 대부분도 완성했다. 이렇듯 시, 희곡, 소설 장르를 아우르면서도 문학적 수준이 높은 작품들을 여러 편 창작한 점을 고려해, 뿌쉬낀 연구자들은 이 시기에 대해 '놀라운 볼지노의 가을'이라는 표현을 사용한다.

볼지노에서 돌아온 후인 1831년 2월, 뿌쉬낀은 모스크바에서 나딸리야와 결혼식을 올렸다. 며칠 후 이들은 뻬쩨르부르그의 짜르스꼬예 셀로로 옮겨가서 여름을 보냈는데, 뿌쉬낀은 그곳에 머물던 9월에 「예브게니 오네긴」의 마지막 파트인 '따쨔야나에게 보내는 오네긴의 편지'를 완성함으로써 1823년 집필을 시작한 후 8년간 이어진 대장정을 마침내 끝마쳤다.

1832~1833년, 이들 부부 사이에서 두 명의 자식이

태어났으나 뿌쉬낀이 꿈꿨던 행복한 가정은 이루어지지 않았다. 미모로 사교계의 여왕이 된 나딸리야에겐 사치를 부리기 위한 더 많은 돈이 필요했고, 뿌쉬낀은 그 비용을 충당하기 위해 정신적 고통 속에서 반강제적으로 창작을 해야 했다.

그럼에도 불구하고 이 시기 뿌쉬낀의 새로운 창작 욕구를 불타오르게 만든 것은 몇 년 전부터 원해 왔던 러시아 역사서 편찬 작업이었는데, 이를 위해 황실의 고문서국을 이용해도 좋다는 허락을 황제로부터 얻어 냈다. 한편, 강력한 정부만이 러시아의 구원을 보장해 줄 수 있다고 믿게 된 그는 그 생각을 몇 편의 시를 통해 표현했는데, 이는 시를 통해 전제 정치의 폐단을 풍자하고 정치적 자유를 표현했던 예전 그의 모습만을 기억하고 있던 사람들에게는 충격적인 것이었다. 주위의 이러한 반응은 뿌쉬낀에게 자신의 새로운 주제가 정말 잘못된 것인지에 대한 의문점을 불러일으켰다.

전반적으로 보았을 때, 창작의 성숙기에 도달한 1830년대는 앞서 언급한 러시아 역사에 대한 관심 그리고 러시아의 현실에 대해 예전부터 견지해 왔던 비판 의식이 여러 작품을 통해 다양하게 표현된 시기였다. 이 시기에 그가 조국 러시아에 대해 생각한 것들 그리고 시인으로서 자신의 사명에 대해 생각한 것들은 예전과 마찬가지로 시의 형식으로 발표되었지만, 그의 대표작이라고 할 수 있는 몇몇 우수한 작품들은 사실주의적 색채를 어느 정도 담은 희곡이나 소설의 형태로도 발표되었기에 1830년대는 그에게 있어 '산문의 시대'라고도 규정할 수 있다. 앞서 언급한 「고(故)이반 뻬뜨로비치 벨낀의 이야기」(1831년 발표)와 환상적 주제의 단편 「스페이드의 여왕(Пиковая дама)」(1834년 발표) 그리고 1773~1775년의 뿌가초프 반란을 소재로 한 중편 「대위의 딸(Капитанская дочка)」(1834년 발표)은 모두 이 시기에 발표된 소설들이자 뿌쉬낀의 대표작들이기도 하다.

그런데 이 시기의 중반부인 1834년은 뿌쉬낀에게 있어 인생의 최종적인 불행이 본격적인 모습을 드러낸 때이기도 했다. 니꼴라이 1세는 1834년 1월 1일에 뿌쉬낀을 시종보라는 직책에 임명했는데, 그것은 궁정 행사나 황제의 거동 시에 시중을 드는 직책이었다. 10대 소년에게나 어울리는 이러한 직책을 부여한 것은 35세 나이의 뿌쉬낀에게는 모욕적인 조치였다. 당시 나딸리야에게 노골적인 관심을 보이고 있던 황제는 이 조치를 통해 나딸리야가 남편을 대동해 궁정의 연회에 자유롭게 드나들도록 함으로써 외적으로는 그럴듯한 모습을 연출하고자 했으나, 황제의 진짜 속셈은 나딸리야의 미모를 감상하면서 동시에 뿌쉬낀은 자신의 완전한 종속물이라는 인상을 주기 위해서였다. 또한 이때에 맞추어 황제는 예전에 자신이 뿌쉬낀에게 허가해 주었던 황실 고문서국 이용 허가를 취소했는데, 이것 역시 뿌쉬낀에게는 모욕적인 처사였다.

그러던 중 황제의 핍박으로 인한 고통을 견뎌 나가던 뿌쉬낀을 더욱 괴롭게 만드는 일이 발생했다. 1836년 가을 무렵부터 뻬쩨르부르그에 퍼져 나가던 소문은, 당시 러시아에 주재하고 있던 네덜란드 공사 헤케른의 양아들 단테스와 자신의 아내 나딸리야의 관계에 대해 세간에 퍼져가고 있던 추문이었다. 이에 대해 반신반의하던 뿌쉬낀을 결정적으로 분노하게 만든 것은, 11월 3일 나딸리야와 황제 사이를 비꼬는 익명의 편지가 뿌쉬낀의 지인들에게 날아온 사건이었다. 이 익명 편지를 보낸 자가 단테스와 헤케른일 것이라고 확신한 뿌쉬낀은 다음 날인 11월 4일 단테스에게 결투를 신청

하는 편지를 보냈다. 헤케른은 자신들은 그러한 익명 편지를 보낸 적이 없다고 강력하게 부정하면서도, 만일 원한다면 결투 일자를 2주 미루자고 제안한다. 그 사이에 소문을 들은 시인 주꼽스끼가 양측을 중재하고 나딸리야의 고모와 뿌쉬낀의 지인들도 만류하면서 뿌쉬낀은 결투 의사를 철회한다. 한편 상황이 심상치 않음을 느낀 단테스는 일단 나딸리야의 언니인 예까쩨리나와 1837년 1월 10일에 결혼식을 올렸으나, 그 후에도 단테스가 나딸리야에게 추근거리고 있다는 소문이 퍼지자 더 이상 참지 못한 뿌쉬낀은 1월 26일에 재차 결투를 신청했고 결국 결투는 1월 27일 오후에 열렸다.

그날의 결투는 서로가 원래 섰던 위치에서 15보 거리의 상호 한계선으로 걸어오는 도중에 누구라도 먼저 발사할 수 있는 방식이었다. 단, 먼저 발사한 사람은 더 이상의 추가 발사를 할 수 없고 상호 한계선으로 다가와 상대의 총구에 몸을 맡겨야 하는 조건이었다. 다시 말해, 먼저 발사하는 사람은 상대를 쓰러뜨리지 못할 경우 자신이 죽을 수도 있음을 각오해야 하는 결투였다.

뿌쉬낀이 몇 번의 결투 경험이 있다는 사실에 긴장

한 단테스는 기병 대위였음에도 불구하고 상호 한계선으로 걸어가던 중 뿌쉬낀보다 먼저 총을 발사했다. 총알은 뿌쉬낀의 복부에 중상을 입혔다. 자리에 쓰러진 뿌쉬낀은 간신히 자세를 가다듬고 단테스에게 상호한계선으로 다가오라고 말한 후 한 발을 발사했지만, 약간의 찰과상만 입혔을 뿐이었다. 단테스는 무사히 자리를 떴지만, 치명상을 입은 뿌쉬낀은 이틀 후인 1월 29일(현재의 달력으로는 2월 10일) 오후에 사망했다.

당국은 결투 당사자 단테스는 물론이고 결투와 관련이 있는 그의 양아버지 헤케른에 대해서도 중한 처벌을 하지 않았다. 헤케른은 외교관이었기에 이로 인한 외교적 마찰을 염려한 부득이한 조치였다고 하더라도, 외교관도 아니고 결투의 당사자인 단테스에 대해서 취해진 조치가 러시아에서 추방한다는 것뿐이라는 건 납득하기 힘든 조치였다. 당시 러시아에서 결투는 분명히 불법으로 규정되어 있었기 때문이다(결투 사건 두 달 후 단테스는 러시아를 떠나 프랑스로 돌아갔으며 그 후 프랑스에서 정치인이 되었다). 뿌쉬낀의 사망을 애도하기 위해 장례식장으로 몰려온 수많은 사람이 당국의 이러한 납득하기 힘든 조치에 대해 항의하자 당국은 장례를 신속하게 끝내도록 경찰에 지시했으며, 뿌쉬낀의 시신을 담은 관은 비밀리에 미하일롭스꼬예로 옮겨진 후 아무런 장례 의식 없이 그대로 매장되었다. 당국의 이러한 조치에 대해 「시인의 죽음(Смерть поэта)」이라는 시를 통해 매섭게 항의한 시인 레르몬또프는 그 시로 인해 오히려 좌천되기까지 했다.

뿌쉬낀은 기본적으로 자신의 풍부한 낭만주의적 감성을 수준 높은 작품들을 통해 표현한 인물이었지만 그것에만 머물지는 않았다. 그는 19세기 초에 이미 영향력을 상실해 가던 고전주의의 개념들을 되살려 러시아의 국가적 안정성 강화라는 측면에서 표현하기도 했으며, 한편으로는 낭만주의의 경직된 모델에서도 탈피하여 그것을 새로운 러시아의 모습에 변모시켜 표현하려고 노력하기도 했다. 이러한 진지한 노력은 러시아 문학이 사실주의로 진행해 갈 수 있는 선구자적 역할을 하기도 했는데, 그가 창작 후기에 쓴 소설 작품들의 구조와 내용은 이 점을 말해 주고 있다. 또한 라틴어, 프랑스어, 독일어, 영어 등 다양한 언어를 구사할 수 있었고 고대, 중세, 근대 유럽 문학 전반에 대한 지식도 풍부했던 그는 이 점을 작품 속에도 녹여내었기에, 그의 작품들은 러시아적 색채에만 국한되지 않고 범(汎)유럽적인 가치까지 인정받게 되었다. 이렇듯 작가로서의 능력이 광범위한 영역에서 탁월하게 발휘되었기에 그의 문학은 동시대의 낭만주의 작가들인 레르몬또프와 고골, 사실주의 시대의 도스토예프스키, 뚜르게네프, 톨스토이, 19세기 말과 20세기 초의 상징주의 작가들 그리고 이후 사회주의와 현대 작가들에 이르기까지 상당한 영향을 미쳤다.

개별 작품 해설

「벨낀 이야기」

(Повести Покойного Ивана Петровича Белкина, 1830)

- 발행인의 말

총 다섯 개의 이야기로 구성된 「벨낀 이야기」는 벨낀이라는 인물이 수집하고 다듬은 이야기들이 발행인의 손을 거쳐 세상에 발표된다는 형식을 갖추고 있다. 물론 벨낀은 가상의 인물이며 이 작품의 실제 저자는 뿌쉬낀인데, 그는 발행인이라는 외피를 한 번 두른 채 '발행인의 말'을 통해 독자들이 이 작품을 어떻게 이해해야 할지에 대한 자신의 메시지를 간접적으로 드러내고 있다.

'발행인의 말' 첫머리에는 러시아의 고전주의 작가 폰비진의 「미성년」에서 가져온 구절들이 에피그라프로 제시되어 있는데, 그 내용은 우둔한 미뜨로판이 어려서부터 '이야기'를 아주 좋아했다는 것이다. 이것은 벨낀이라는 인물이 수집한 이야기들 또한 글자 그대로만 이해되어서는 안 된다는 점을 암시한다. 또한 벨낀에 대한 정보를 얻으려고 문의해 본 마리야 뜨라필리나라는 인물은 그와 아주 가까운 친척이자 상속녀임에도 불구하고 이상할 정도로 아무런 정보도 제공하지 못한다. 나아가 벨낀의 생전 이웃이 제공한 정보에도 벨낀의 열병을 치료하기 위해 끙끙거리다 실패한 의사가 '티눈이나 만성 질환을 고치는 데 솜씨가 좋은 사람이었다.'는 납득하기 힘든 구절이 나온다. 이러한 일련의 사실들은 뿌쉬낀의 장난이나 의도적 왜곡이 아니라 독자들이 「벨낀 이야기」를 어떻게 이해해야 하는지에 대한 저자 뿌쉬낀의 간접적인 메시지이다. 이 점은 아래에서 살펴볼 「벨낀 이야기」 속 다섯 개 이야기에 다양한 방식으로 나타난다.

- 남겨둔 한 발(Выстрел, 1830)

이 이야기의 화자는 군 복무 시절 신기에 가까운 사격 솜씨로 자신을 놀라게 했던 인물 실비오와 그에게 모욕당한 어느 백작 사이의 두 차례에 걸친 결투 사건에 대해 이야기한다. 어디서든 선두에 나서 동료들과 지역 사람들을 휘어잡으며 명성을 쌓아가던 실비오는, 어느 날 나타난 능력 좋은 백작 때문에 위상이 추락하며 위기감을 느낀다. 그의 좌절감은 백작과의 갈등을 넘어 결국 결투로까지 이어진다. 하지만 총구 앞에서도 죽음이 두렵지 않은 듯 태연히 체리 열매 씨앗을 내뱉는 백작의 태도에 크게 모욕감을 느낀 실비오는 자신이 쏘아야 할 한 발을 훗날의 복수를 위해 남겨둔다. 이것이 실비오가 화자에게 들려준 예전 결투에 대한 이야기이다.

화자는 군을 퇴역한 후 다른 지역으로 이주하여 영지 경영에 착수하는데, 어느 날 가까운 마을에 젊은 백작 부부가 당도한다는 소식이 들려온다. 무료한 삶을 달랠 겸 찾아간 화자에게 백작은 그들 부부의 결혼 직후인 5년 전에 있었던 기이한 결투 이야기를 들려준다. 이야기 속 결투의 당사자 중 한쪽은 백작, 다른 쪽은 복수를 위해 그곳까지 찾아온 실비오였다. 하지만 드라마틱한 복수극을 예상했던 독자들의 기대와는 달리, 실비오는 당황하고 겁먹은 백작의 모습에 만족한 채 자신이 예전에 남겨둔 한 발을 백작이 아니라 벽에 걸린 그림에 발사한 후 유유히 사라진다.

이야기 서두에 에피그라프로 제시된 바라띈스끼와 베스뚜줴프-마를린스끼의 말 속에는 복수심을 품은 자의 결투 욕구가 그려졌는데, 이야기의 실제 양상은 그러한 낭만주의식의 극적 복수극과는 거리가 있다. 또한 복수의 마지막 모습이 어떻게 되었는지를 기대하며 흥분해 있던 화자마저 이야기 말미에서는 실비오의 최종적인 죽음을 아주 짤막하고 건조하게 서술하는 것에 그치는데, 이것 역시 당대의 러시아가 낭만주의적 감성에 매몰되지 않고 현실을 직시하는 방향으로 변화되고 있다는 점을 말해 주고 있다.

■ 눈보라(Метель, 1830)

두 번째 이야기인 「눈보라」 역시 앞서의 「남겨둔 한 발」과 유사한 정서를 보여 준다. 네나라도보 마을 지주의 딸인 마리야는 인근 마을의 가난한 육군 소위

보 블라지미르와 사랑에 빠진다. 부모의 반대에 부딪쳐 안타까워하던 두 사람은 외딴 교회에서 만나 결혼식을 올리기로 비밀리에 약속한다. 하지만 심한 눈보라로 길을 잃고 장시간을 헤맨 블라지미르는 제시간에 결혼식에 오지 못한 반면, 교회를 지나가던 생면부지의 어떤 장교는 썰매에서 내린 후 경솔하게 장난기를 부려 자신이 신랑인 척한다. 자신 옆에 선 남자가 블라지미르가 아님을 알아챈 마리야는 '아아, 이분은 그 사람이 아니에요!'라고 비명을 지르며 현장에서 기절하지만 남자는 아랑곳하지 않고 유유히 떠난다. 정신을 차린 마리야는 하릴없이 집으로 돌아간다.

자초지종을 모르는 블라지미르는 낙담한 채 전쟁터에 나갔다가 중상을 입어 사망하는 반면, 마리야는 몇 년 뒤 인접한 마을에 부상 휴가차 와 있던 부르민이라는 기병 대령과 새로운 사랑에 빠진다. 부르민은 과거 자신의 경솔했던 행동으로 인해 지금도 고통당하고 있을 어떤 여인에 대한 이야기를 들려주며 자책하는데, 마리야는 그의 절실한 고백을 들으며 그가 교회 결혼식에서 자신 옆에 서 있었던 바로 그 남자였다는 것을 깨닫는다. 그리하여 두 사람은 기이한 행복에 도달한다.

뿌쉬낀이 이 이야기의 에피그라프로 사용한 낭만주의 시인 주꼽스끼의 발라드 「스베뜰라나」의 구절들은 무언가 불길하며 비극적인 사랑의 결말을 암시하지만, 이상의 내용에서 보다시피 실제로 그 비극으로 인해 죽음에까지 이른 것은 블라지미르였을 뿐 마리야와 부르민은 우여곡절 끝에 해피 엔딩에 도달한다.

블라지미르와의 만남에서 실패하고 집으로 돌아간 마리야를 기다리고 있던 것은 그녀와 블라지미르 사이에 어떤 일이 있었는지 전혀 모르는 그녀의 부모였다. '거기선 아무 일도 없었다.'라는 짤막한 문장은 온갖 어려움을 겪은 블라지미르의 위상은 하락시키고 반대로 마리야에게는 회생(回生)의 가능성을 암시해 준다. 이러한 전반적인 이야기 구조는 블라지미르와 마리야의 사랑이 난관을 극복하고 어떻게 이루어질지 기대한 독자에게는 허탈감을 주지만, 한편으로는 뿌쉬낀이 그러한 감상적이고도 낭만적인 연애 패턴을 그 시대 연인들의 보편적 모습으로 삼지 않았다는 점을 말해 준다.

- 장의사(Гробовщик, 1830)

「장의사」는 낭만주의 작품 중에서도 으스스한 느낌의 고딕 계열 소설을 연상케 하는 이야기다. 신비롭고도 엽기적인 모험, 공포심을 일으키는 초자연적 현상, 환상과 유령의 등장이 고딕 소설의 주요 특징이다. 그런데 이 이야기는, 외적으로는 이와 유사한 현상들을 표현함에도 불구하고 그것이 독자들을 공포심에 질리도록 만드는 수준으로까지 나아가지는 않는다는 점이 특이하다.

장의사 아드리안 쁘로호로프는 이웃에 사는 독일인 제화공의 파티에 갔다가 잔뜩 술에 취해 집에 돌아온다. 술자리에서 자신의 직업을 비하하는 말과 이교도들의 웃음소리에 앙심을 품은 그는 일부러 산 자가 아닌 죽은 자들, 그것도 정교 신자들만 다음 날 자신의 집들이에 초청한다고 외친 후 곯아떨어진다. 하지만 밤늦은 시간에 잠에서 깬 그가 그날 죽은 여인의 집에 장례 업무를 유치하러 갔다가 돌아오는 장면, 집에 와 보니 예전에 죽었던 망자들이 몰려와 혼란을 빚고 있는 장면, 망자들에 둘러싸인 그가 공포에 떨며 기절하는 장면 등은 실제로는 그의 꿈에 불과했다. 그날 밤 죽은 사람은 아무도 없었고 망자들이 그의 집을 방문한 일도 전혀 없었기에 그 모든 것은 술에 취한 그가 꿈에서 본 내용이었던 것이다. 아침에 눈을 뜬 후 이러한 사실을 알게 된 그는 안도의 한숨을 내쉬며 딸들을 부르고 차를 가져오라고 지시하는 등 평정심을 회복한 모습을 보인다.

뿌쉬낀은 이렇듯 고딕 소설의 구조를 이용하면서도 그 속에서 괴기와 공포의 색채를 가능한 희석하고 최종적으로는 일종의 유쾌한 희극으로 만들어 버린다. 즉 앞서의 이야기들처럼 이 이야기 역시 도식적 낭만주의에 매몰되지 않는 뿌쉬낀의 창조성을 보여주고 있는 것이다.

- 역참지기(Станционный смотритель, 1830)

이 이야기는 18세기 말부터 19세기 초반까지 러시아 문학에 영향을 미쳤던 감상주의 소설 경향에 반기를 든 작품이다. 전형적인 감상주의 구도에 초점을 맞춰 재구성해 본다면, 이야기의 내용은 가난한 역참지기 삼손 븨린의 딸 두냐가 귀족 청년 장교 민스끼의 유혹에 빠져 유린당한 후 결국은 비참한 최후를 맞게 된다는 구조가 되어야 했을 것이다. 하지만 두냐에 눈독을 들인 민스끼가 그녀를 유혹하려 했다는 점을 제외한다면 나머지 부분에는 감상주의적 구조에 부합하지 않는 요소도 적잖게 나타나 있다.

두냐가 아버지를 뒤로하고 민스끼를 따라나서는 이유는 분명하지 않다. 민스끼에게 속아서 따라간 것일 수도 있겠지만, 그들을 태워다 준 마부가 두냐가 어느 정도까지는 자의로 따라가는 듯한 모습이었다고 말한 점 그리고 뻬쩨르부르그의 민스끼 숙소로 찾아갔을 때 아버지 삼손 브린이 발견한 두냐의 모습이 행복해 보였다는 점을 고려한다면, 아버지를 떠난 그녀가 불행에 빠졌다는 해석은 섣부른 것일 수 있다. 물론 전형적인 감상주의 플롯에만 집착하는 독자라면 두냐가 민스끼에게 버림받지 않고 계속해서 행복한 삶을 누릴 수 있다는 가능성을 부정할 수도 있다. 하지만 마지막 장면에서 두냐가 유복한 모습으로 마차에 사내아이 셋을 태운 채 아버지의 무덤을 찾은 장면을 보면, 그녀와 민스끼의 삶이 불행했다는 흔적은 찾을 수 없다. 이와 연결해 봤을 때, 역참지기는 오랜만에 재회한 화자에게 자신의 곁을 떠나기 전 두냐의 삶은 힘들지 않았다고 회상하고 있는데 이 역시 자신의 생각에 사로잡힌 결과이다. 그렇기에 그는 자신을 떠나 민스끼와 살게 된 두냐는 불행하게 살 거라고 생각하며 애달파하지만, 오히려 이러한 좌절감 때문에 술독에 빠져 건강을 해치고 결국 서글픈 죽음을 맞이한다.

역참지기의 방에 걸린 돌아온 탕아(蕩兒)의 그림에는 방탕한 삶에 빠졌다가 돌아온 아들을 맞이하는 노인의 모습이 그려져 있다. 두냐가 뒤늦게 아버지의 무덤을 찾아와 후회의 눈물을 흘리는 것은 사실이지만, 한편으로는 아버지의 염려와는 달리 그녀와 민스끼의 삶이 행복했다는 점도 부정할 수는 없다. 따라서 그녀를 돌아온 탕아에 비유하는 것은 지나친 일이며, 오히려 그녀의 미래가 비참할 것이라는 생각에만 사로잡혀 자신의 몸과 마음을 망가뜨린 역참지기가 죽음을 자초했다고 볼 수 있다.

이렇듯 이 이야기는 흔히 전기(前期) 낭만주의라고 불리는 감상주의 문학의 한계를 뛰어넘어 새로운 시대의 현실을 작품 속에 구현하려 했던 뿌쉬낀의 생각이 상당히 적극적으로 표현된 모습이라고 할 수 있다.

■ 귀족 아가씨 – 시골 처녀(Барышня-крестьянка, 1830)

이 이야기는 일단 두 집안의 갈등 관계에 바탕을
두고 있다. 러시아식 영지 경영을 선호하는 베레스또
프와 영국식의 영지 경영에 심취한 무롬스끼 사이의
갈등이 그것인데, 영지가 인접한 두 사람은 상대의 경
영 방식을 비웃으며 앙숙 관계가 된다. 그런데 베레스
또프의 아들인 알렉세이가 대학 졸업 후 귀향하여 아
버지와 살게 되면서 두 집안 간의 갈등 구도는 다소
복잡해진다.

아버지의 뜻과는 달리 무관으로 출세하기를 원했
던 알렉세이는 사냥을 하며 무료한 삶을 달래고 있
었는데, 그의 매력에 대한 소문을 들은 무롬스끼의
딸 리자는 그를 만나 보고 싶다는 생각을 한다. 아버
지들 사이의 갈등이 마음에 걸린 리자는 자신의 정
체를 드러내지 않기 위해 아꿀리나라는 시골 처녀로
변신한 후 우연을 가장하여 알렉세이와 마주친다. 소
박하지만 똑똑한 아꿀리나의 말솜씨에 매료된 알렉
세이는 곧 아꿀리나에 대한 사랑을 느끼는데, 상대에
대한 이러한 애정은 아꿀리나로 변신한 리자도 마찬
가지였다.

두 집안의 앙숙 관계에 얽힌 두 젊은이의 애정은 「로미오와 줄리엣」의 플롯을 연상시키지만, 그들의 애정이 결실을 맺는 데는 방해가 되지 못한다. 리자는 무롬스끼의 집을 방문한 알렉세이에게 자신의 정체를 드러내지 않기 위해 괴상한 복장을 하고 나타나기도 하는데, 알렉세이는 나중에 리자가 곧 아꿀리나라는 사실이 밝혀진 후에도 귀족 아가씨 리자로서가 아니라 시골 처녀로서의 아꿀리나에 대한 열렬한 사랑의 마음을 접지 않는다. 다시 말해, 이 장면에서 두 젊은이의 사랑은 두 귀족 인물 간의 관계가 아니라 귀족 도련님과 시골 처녀 간의 사랑으로 맺어지는 것이다. 상황이 이렇게 된 것은 베레스또프와 무롬스끼가 원래의 앙숙 관계를 청산하고 우정을 다진 후 각자의 아들과 딸을 결혼시키는 데 합의를 한 것에도 이유가 있다. 따라서 이 두 사람의 결합은 앙숙이었던 두 집안 간의 결합이자 신분을 뛰어넘는 사랑이라는 측면도 동시에 가지게 되는 것이다.

「스페이드의 여왕」

(Пиковая дама, 1833)

    뿌쉬낀이 두 번째로 볼지노에 머물던 1833년 가을에 쓰고 이듬해인 1834년에 출간한 「스페이드의 여왕」은 정교한 구성과 함께 여러 장르적 요소가 다양하게 나타난 점에 힘입어 후대에 여러 번 영화로 제작되거나 오페라로 상연되기도 했다.

    전체적인 구성으로 보자면 이 작품의 내용은 다음과 같이 정리된다. 아버지에게 물려받은 약간의 돈으로 사는 주인공 게르만은 극도의 검약 생활을 하고 있다. 하지만 그는 카드게임 판을 드나들며 노름이 벌어지는 광경을 탐욕스럽게 지켜보는 모습도 보이는데, 일확천금을 보장해 주는 카드 석 장에 관한 비밀스러운 일화를 그 자리에서 우연히 듣게 된다. 그 이야기의 신비로움에 매력을 느낀 그는 검약하며 살겠다는 원래의 다짐을 잊은 채 큰돈을 단숨에 벌어 미래를 개척하고 싶다는 욕망에 빠져드는데, 이로 인해 결국은 카드 석 장의 비밀을 알고 있다는 백작 부인에게 접근할 계획까지 세운다. 그의 계획 실현에 간접적으로 도움을 준 사람은 백작 부인의 피후견인 리자인데, 그녀에게 집요하게 연애편지를 보내며 자신의 편으로 끌어들인 게르만은 그녀가 알려준 시각에 백작 부인의 침실에 잠입한다. 하지만 자신을 무섭게 추궁하는 게르만의 태도에 놀란 백작 부인이 그 자리에서 숨을 거두자 리자는 졸지에 자신을 후견해 준 백작 부인의 피살, 즉 사랑이 아니라 돈을 목표로 게르만이 벌인 사건의 공범 신세가 된다. 리자는 때늦은 후회에 몸부림치지만 이와 반대로 게르만은 백작 부인의 유령이 나타나서 알려준 비법을 이용해 카드게임에서 하루마다 차례대로 '3, 7, 에이스' 카드에 거액을 걸며 큰돈을 거머쥐는 데 성공한다. 하지만 세 번째 게임에서는 스페이드 문양의 여왕을 에이스로 착각하여 돈을 거는 바람에 그때까지 딴 모든 돈을 잃고 급기야 정신 이상 상태가 되어 병원에 갇히는 신세가 된다. 이해할 수 없는 실수에 경악한 그에게 카드 속 스페이드의 여왕은 한쪽 눈을 찡긋거리며 비웃는 미소를 보낸다.

이 작품의 오묘함은 백작 부인 저택의 음울한 분위기와 그녀와 게르만 사이에 진행되는 그로테스크한 색채의 대화에 비해, 막상 그녀가 말했던 카드 석 장의 일화는 하나의 농담 차원으로 떨어진다는 점이다. 숨을 죽인 채 어둡고 복잡한 경로를 따라 올라간 후 시체나 다를 바 없는 백작 부인과 마주한 게르만에게 그녀는 자신이 예전에 입에 담았던 '3, 7, 에이스'와 관련된 일화에 대해 '그건 농담이었어!'라고 잘라 말한다.

3과 7과 에이스를 차례대로 선택해 돈을 걸면 카드게임에서 무조건 승리할 수 있다는 이야기는 대단히 유혹적이지만, 현실에서는 이루어지기 불가능한 비논리와 우연의 영역에 속하므로 그 일화를 곧이곧대로 받아들여 거액을 거는 게르만의 어리석은 사행성 행위는 반드시 수렁에 빠지게 되어 있다. 신비한 일화 속 체깔린스끼는 이 우연을 행운으로 바꾼 인물이었지만, 게르만은 그 일화가 자신에게는 우연이 아니라 현실에서 이루어질 것이라고 철썩같이 믿었기에 결국 카드게임에서 거액을 잃을 수밖에 없는 운명이었다. 이것은 부를 쌓기 위해 자신을 이용하려 했고 결국은 죽게 만들었던 자에 대한 백작 부인의 혹독하면서도 그로테스크한 보복이다.

백작 부인의 가엾은 피후견인이자 순수한 품성을

갖춘 것으로 나타나는 리자는, 한편으로는 자신을 이 불행한 처지에서 구원해 줄 남자를 갈구하는 인물이기도 하다. 그녀가 게르만의 연애편지에 속아 넘어간 이유도 이와 관련이 있다. 따라서 그녀가 백작 부인 피살과 직접적인 관련은 없다 할지라도, 이후 재산이 꽤 있는 관리와 결혼한다는 사실은 그녀 역시 물욕이나 사회적 신분 상승 욕구에서 자유로운 인물은 아니라는 점을 보여 준다.

이러한 관점에서 봤을 때, 이 작품은 주요 인물들의 심리를 상세하게 표현하면서도 그들의 삶이 어떻게 진행되는지에 대해서는 초자연적인 요소와 현실적 요소를 결합시켜 절묘하게 보여 주고 있다고 할 수 있다. '3, 7, 에이스'의 비밀은 백작 부인을 신비로운 인물로 자리매김하게 만들어 주지만, 그것에 집착한 게르만은 현실 속에서 파멸을 맞는다. 반대로 리자는 게르만의 파멸에 힘입어 오히려 자신은 불우한 처지에서 풀려나 행복한 삶을 개척할 수 있는 수혜자가 된다. 이렇듯 '3, 7, 에이스'의 비밀과 관련해 주요한 세 명의 인물이 초자연과 현실에 걸쳐 나타나기에 이 작품은 높은 평가를 받을 수 있는 것이다.

알렉산드르 세르게예비치 뿌쉬낀

Александр Сергеевич Пушкин(1799.05.26~1837.01.29.*)

1799년

- 5월 26일. 모스크바에서 귀족 가문 출신이자 군인인 아버지 세르게이 르보비치 뿌쉬낀과 역시 귀족 가문의 딸인 어머니 나제쥐다 오시쁘브나 한니발 사이에서 태어남. 아버지는 20대의 나이에 군에 입대하여 1817년에 퇴역하고 1848년에 사망할 때까지 600여 년의 오랜 전통을 지닌 귀족 가문 사람으로서의 위상에 긍지를 가지며 살았음. 어머니의 조상은 아프리카 에티오피아의 왕실인 한니발 가문의 사람이었는데, 그는 뾰뜨르 대제의 지시로 파견된 특사가 1706년에 러시아로 데려온 인물이었고, 이후 한니발 가문은 러시아 땅에서 성공적으로 가문을 일굼. 뿌쉬낀의 살짝 거무스름한 얼굴색과 곱슬머리는 이러한 외가 쪽 혈통에 기인한 것임. 뿌쉬낀에게는 한 명의 누나와 세 명의 남동생이 있었는데, 낭비벽이 있었던 어머니와 경박한 성격의 아

---

* 연월일은 당시의 달력 기준으로 표기하였으며, 작품들은 공식 발표 일자를 기준으로 함.

버지 사이는 좋지 않았음. 하지만 아버지는 문학에 대해서는 관심이 있었고 큰 아버지인 바실리 르보비치도 유명한 시인이었기에 뿌쉬낀 집안의 서재에는 당시 러시아에 큰 영향을 미치던 프랑스 문학 작품들을 비롯하여 다양한 서적들이 있었음. 문학에 관심이 있는 당시의 유명 인사들이 그의 집을 방문하곤 했는데, 뿌쉬낀도 어릴 때부터 그 책들을 읽으며 문학적 소양을 키워 나감. 외할머니 마리야 알렉세예브나와 유모 아리나와의 대화 덕분에 뿌쉬낀은 러시아어를 잊지 않을 수 있었고 러시아의 민담과 전통도 자연스럽게 익히게 되었는데, 이는 후일 뿌쉬낀이 러시아인들의 정신세계와 고유문화를 작품 속에 표현할 수 있는 토대가 되었음. 2세 때인 1801년부터 11세 때인 1810년까지 외할머니와 함께 모스크바 인근 여러 지역의 별장을 간간이 방문하며 여름을 보냄.

1811년 · 10월 19일. 뻬쩨르부르그 외곽의 '짜르스꼬예 셀로(Царское село)'에 있는 귀족 기숙학교 '리쩨이'에 입학. 귀족 자제들에게 최상의 교육을 제공하여 중요 관직에 이르게 하는 것에 목적이 있었던 이 학교는 3년간의 초급 과정과 이후 3년간의 상급 과정으로 구성되어 있었는데, 뿌쉬낀은 이 학교에서 6년 동안 공부한 후 1817년에 졸업함. 리쩨이 재학 시기의 뿌쉬낀은 다혈질인 성격과 방만한 생활 태도로 인해 교사들의 지적을 받기도 했으나, 이미 어릴 때부터 무르익어 온 글쓰기 능력과 방대한 독서량만큼은 모든 이의 관심을 받음.

1812년 • 6월 12일. 나폴레옹 군대의 러시아 침공.

• 8월 26일. 보로지노 전투에서 러시아 방어군이 패함.

• 9월 2일. 나폴레옹 군대에게 모스크바가 점령당함.

• 10월 6일. 나폴레옹 군대가 모스크바에서 퇴각.

1815년 • 1월 8일. 상급반으로 진학하기 위한 시험장에서 원로 시인 제르좌빈을 앞에 두고 낭송한 「짜르스꼬예 셀로에 대한 회상(Воспоминания в Царском Селе)」을 비롯하여 그가 소년으로서 쓴 여러 습작 시가 차츰 입소문을 타고 여러 시인의 관심 대상이 되었으며, 이 덕분에 17세인 1816년에 문학 동호회 '아르자마스(Арзамас)'의 회원으로 받아들여짐.

1817년 • 6월 9일. 리쩨이 졸업.

• 6월 13일. 외무성 관리로 임명받음.

• 9월. 자유주의적 성향의 단체 '푸른 램프(Зелёная лампа)'에 가입하여 1820년 3월까지 활동함.

1818년 • 정치적 성향을 담은 시 「자유(вольность)」, 「차다예프에게 (К Чаадаеву)」 등을 연이어 씀.

1820년 • 4월. 농노제를 비판하고 자유주의적 성향을 보인 몇 편의 시로 인해 당국의 심문을 받음.

• 5월 6일. 러시아 남부 지역으로의 유배형에 처해짐.

• 5월 17일. 유배지인 예까쩨리노슬라프에 도착.

• 그에게 호의적인 태도를 보인 상관 인조프 장군은 악화된 그의 건강을 배려하여 라옙스끼 장군 가족과 함께 까프까

스와 크림 반도 지역을 여행하도록 허락함. 이후 1821년 9월까지 오데사와 끼쉬뇨프도 여행함.

- 1817년부터 쓰기 시작한 「루슬란과 류드밀라(Руслан и Людмила)」를 유배 기간인 5월에 발표하여 큰 반향을 일으킴.

- 9월 21일. 인조프 장군의 관할지가 끼쉬뇨프로 변경됨에 따라 뿌쉬낀의 유배지도 그곳으로 변경됨.

1822년 · 서사시 「까프까즈의 포로(Кавказский пленник)」 발표.

1823년 · 5월 9일. 시로 된 소설 「예브게니 오네긴(Евгений Онегин)」을 쓰기 시작함.

- 7월 1일. 뿌쉬낀의 건강을 염려한 인조프 장군의 배려로 뿌쉬낀이 끼쉬뇨프에서 해안 지역인 오데사로 전속됨.

- 오데사에서 그의 상관이자 감독관은 보론쪼프 장군으로 바뀜.

1824년 · 7월 8일. 뿌쉬낀의 편지들을 검열하던 보론쪼프 장군이 무신론적인 구절을 발견하여 상부에 보고함. 이로 인해 그의 유배지가 러시아 북서부 쁘스꼬프현의 미하일롭스꼬예에 있는 어머니의 영지로 변경됨. 남부 유배 시기가 끝남.

- 8월 9일. 미하일롭스꼬예에 도착. 아버지는 러시아 남부를 전전하다가 결국 이곳까지 유배당해 온 그를 극히 불만스럽게 여겼기에 그와 아버지 사이에 불화가 발생함. 그럼에도 불구하고 「예브게니 오네긴」 집필을 계속 진행했고, 한편으로 서사시 「집시(Цыганы)」를 완성하고 희곡 「보리스

고두노프(Борис Годунов)」를 쓰기 시작함.

- 남부 지역을 벗어나 미하일롭스꼬예로 오면서부터 바이런적 경향으로부터 완전히 탈피하여 자신만의 낭만주의 세계를 발전시켜 나갔으며, 한편으로 러시아 역사에 대한 관심도 작품화하기 시작. 「보리스 고두노프」가 이에 해당.

1825년
- 12월 14일. 전제 정치의 철폐를 외친 일련의 지식인들과 군인들이 새 황제 니꼴라이 1세의 즉위식이 예정된 14일에 뻬쩨르부르그의 원로원 광장에서 반란을 일으킴. 흔히 '제까브리스트들의 반란'이라고 불림. 반란은 실패로 끝났으며 반란을 주도한 다섯 명은 교수형에, 나머지 가담자들은 시베리아 유형에 처해짐.
- 12월 18일. 그해 11월 19일에 사망한 알렉산드르 1세의 뒤를 이어 새 황제인 니꼴라이 1세가 즉위함.
- 12월 30일. 『알렉산드르 뿌쉬낀 시선집』을 뻬쩨르부르그에서 출간. 두 달 내에 전량 매진되며 큰 성공을 거둠.

1826년
- 9월 4일. 모스크바로 오라는 니꼴라이 1세의 지시를 전달받음. 미하일롭스꼬예에 유폐되어 있던 뿌쉬낀은 당연히 제까브리스트들의 반란에 가담하지 않았으나 반란 관련자들 중 일부가 1825년 초반에 뿌쉬낀을 방문했었다는 사실이 소환의 이유였음.
- 9월 8일. 황제와 독대한 자리에서 뿌쉬낀은 반란 비(非)가담자였음에도 불구하고 당당한 자세로 제까브리스트들의 반란 취지를 변호함. 뿌쉬낀의 문학적 명성을 알고 있는 황제는 그를 겁박하는 대신 자신이 스스로 검열관이 될 것

이니 앞으로는 조심하라는 말과 함께 그를 사면하는 유화적인 조치를 내림. 이후 뿌쉬낀은 모스크바, 뻬쩨르부르그, 미하일롭스꼬예를 오가는 생활을 함.

- 유배지가 오데사에서 미하일롭스꼬예로 변경되어 그곳에 도착한 1824년 무렵부터 뿌쉬낀은 체제 저항적인 낭만주의 작품만 고집하는 태도에서 벗어나 러시아의 국가적 안정성과 미래의 비전을 고심하는 작품도 쓰기 시작함. 이는 그가 자유주의자들과 보수주의자들 양측으로부터 비판당하는 상황을 가져옴.

1827년
- 3월. 서사시 「집시」의 완성본을 발표함.

1828년
- 해외여행 허가 요청이 당국에 의해 여러 번 거부당함. 몇 년 전 쓰기 시작한 「보리스 고두노프」도 검열에 걸려 발표가 금지됨.
- 12월 6일. 모스크바의 한 무도회에서 16세의 아가씨 나딸리야 곤차로바를 처음 만남. 이후 1829년 초까지 몇 번의 만남을 더 가짐.

1829년
- 3월. 서사시 「뽈따바(Полтава)」 발표.
- 5월 1일. 나딸리야 곤차로바에게 청혼했으나 거절당했고 그녀의 어머니도 이 결혼에 반대함. 낙담한 마음을 달래기 위해 까프까스 지역을 여행하고 돌아옴.

1830년
- 4월 6일. 나딸리야 곤차로바에게 다시 청혼하여 승낙을 받고 5월 6일에 약혼.

- 9월 3일. 아버지가 결혼 축하 표시로 그에게 선사한 니줘느이-노브르고도의 볼지노 영지에 감. 영지 문제를 한 달 내에 해결하고 돌아오려 했으나 볼지노 인근을 휩쓴 콜레라에 발이 묶여 부득이하게 석 달을 체류하게 됨. 그러나 이 기간 동안 뿌쉬낀은 오히려 유례없이 빛나는 작품들을 쓰며 성공적인 결과를 거둠.

- 9월. 단편소설 「고(故) 이반 뻬뜨로비치 벨낀의 이야기(Повести Покойного Ивана Петровича Белкина)」속 이야기인 「장의사(Гробовщик)」, 「귀족 아가씨 - 시골 처녀(Барышня-крестьянка)」를 씀. 1823년에 시작한 「예브게니 오네긴」도 거의 마지막 부분까지 완성함.

- 10월. 단편소설 「고(故) 이반 뻬뜨로비치 벨낀의 이야기」속 이야기인 「눈보라(Метель)」, 「남겨둔 한 발(Выстрел)」, 「역참지기(Станционный смотритель)」를 씀. 소(小)비극인 「모차르트와 살리에리(Моцарт и Сальери)」와 「인색한 기사(Скупой рыцарь)」를 씀.

- 11월. 소비극인 「역병 기간 중의 향연(Пир во время чумы)」과 「석상 방문객(Каменный гость)」을 씀. 아울러 몇 편의 탁월한 서정시들도 씀.

- 12월 6일. 볼지노를 떠나 모스크바에 도착.

1831년
- 희곡 「보리스 고두노프」발표. 하지만 정치적 메시지가 불온하다는 이유로 무대에 올려지지 못하다가 그의 사후에야 상연됨.

- 2월 18일. 모스크바의 한 교회에서 나딸리야 곤차로바와 결혼식을 올림.

- 5월. 모스크바 인근 지역에 콜레라가 퍼질 우려가 있어서 아내와 함께 **뻬쩨르부르그**로 거처를 옮김. 이후 12월 말에 다시 모스크바로 돌아옴. 그 후로도 두 도시를 몇 번 옮겨 다니며 삶.

1832년
- 큰 딸 마리야 출생. 큰 아들 알렉산드르 출생(1833). 둘째 아들 그리고리 출생(1835). 막내 딸 나딸리야 출생(1836).

1833년
- 10월 1일. 두 번째로 볼지노를 방문하여 11월 중순까지 머묾. 이 기간 동안 「뿌가초프 반란사」를 완성함.
- 단편 「스페이드의 여왕(Пиковая дама)」, 중편 「대위의 딸(Капитанскя дочка)」을 쓰기 시작함. 이후 두 작품은 각각 1834년과 1836년에 발표됨. 「대위의 딸」을 보다 세밀하게 쓰기 위해 작품의 배경인 1773~1775년 뿌가초프의 반란 지역인 오렌부르그와 까잔 지역을 넉 달간 돌아본 후 10월 20일에 **뻬쩨르부르그**로 돌아옴.

1834년
- 1월. 전해인 1833년 12월 31일에 황제의 명으로 시종보라는 직책에 임명된 후부터 분노가 쌓임. 궁정 행사에서 시종의 옷을 입은 채 황제를 옆에서 모시고 다니는 이 직책은 이미 35세인 뿌쉬낀에게는 모욕적인 조치였음. 황제의 속셈은 이 조치를 통해 다른 신하들에게 뿌쉬낀이 자신의 완전한 종속물이라는 인상을 주고 동시에 뿌쉬낀의 아름다운 아내 나딸리야를 눈앞에서 감상하기 위한 것이었음. 따라서 이해 말부터 나딸리야와 황제 사이의 관계에 대한 소문이 점차 퍼짐.

1836년 · 가을. 나딸리야와 네덜란드 공사 헤케른의 양아들 단테스 사이의 관계에 대한 추문이 퍼져 나감. 참지 못한 뿌쉬낀이 11월 4일에 결투를 신청했으나 러시아 시인 주꼽스끼의 만류로 결투는 유보됨.

1837년 · 1월 10일. 상황이 좋지 않다고 생각한 단테스가 눈속임을 위해 나딸리야의 언니 예까쩨리나와 결혼함. 하지만 그 결혼 이후에도 그가 계속 나딸리야에게 추근거린다는 사실이 확인되자 분노한 뿌쉬낀이 다시 결투를 신청함.

· 1월 27일 오후 5시. 결투가 열림. 먼저 쏜 단테스의 총알로 뿌쉬낀은 복부에 치명상을 입은 반면, 나중에 쏜 뿌쉬낀의 총알은 단테스에게 가벼운 찰과상만 입혔음.

· 1월 29일 오후 2시 45분. 뿌쉬낀 사망. 애도하기 위해 모인 수많은 사람을 헌병들이 제지함. 뿌쉬낀의 시신은 황제의 칙령으로 비밀리에 미하일롭스꼬예로 옮겨져 아무런 장례 의식 없이 매장되었음.